《梦笔生花宴》编委会

主　任：沈晓文　李江平
编　委：陈爱宾　马爱娇　何秀菊　韩　钢　傅学军
　　　　刘晓斌　傅让兴　廖学平　王朝晖　黄留斌
　　　　吴文勇　吴惠勤　王文忠
主　编：初学敏
副主编：余荣军　刘秀清　周海玉
编　辑：傅让兴　廖学平　蔡旭麟　詹　翔　余秉东
　　　　叶小荣　叶永仕
摄　影：柳良金　郑永翔　周　辉

梦笔生花宴

主编 初学敏

副主编 余荣军 刘秀清

海峡出版发行集团 | 海峡文艺出版社

图书在版编目(CIP)数据

梦笔生花宴/ 初学敏主编；刘秀清,余荣军副主编. —福州：海峡文艺出版社,2025.2
ISBN 978-7-5550-3922-8

Ⅰ.I267

中国国家版本馆 CIP 数据核字第 2024A8S879 号

梦笔生花宴

初学敏	主编　刘秀清　余荣军　副主编
出 版 人	林　滨
责任编辑	邱戊琴
出版发行	海峡文艺出版社
经　　销	福建新华发行(集团)有限责任公司
社　　址	福州市东水路 76 号 14 层
发 行 部	0591－87536797
印　　刷	福建新华联合印务集团有限公司
厂　　址	福州市晋安区福兴大道 42 号
开　　本	720 毫米×1010 毫米　1/16
字　　数	160 千字
印　　张	12.75
版　　次	2025 年 2 月第 1 版
印　　次	2025 年 2 月第 1 次印刷
书　　号	ISBN 978-7-5550-3922-8
定　　价	98.00 元

如发现印装质量问题,请寄承印厂调换

序一

到过浦城的人大概都听说过这样一句话：浦城收一收，有米下福州。作为福建的"北大门"，浦城在历史上久负"闽北粮仓"之盛名，有着"岁一获而粟米裕如，邻县咸资接济"的史料记载；更有仙霞古道入闽第一驿站的"渔梁驿"，是当之无愧的"中原入闽第一关"。南来北往的商贾为浦城带来了各式各样的饮食偏好和烹饪方法，或多或少地结合了本地物产和风味，经过匠心独运的调配和制作，在碗盘中灿然呈现，汇集成绵密而悠长的气息，弥漫在坊间街巷，滋养了浦城。历史上的富庶繁荣推动了饮食文化的发展，使得浦城这座千年古城活色生香，逐渐成为一座美食之城。

在千百年的寒来暑往中，浦城美食充满了想象力与创造力，日渐形成自己独有的美食文化。诸如，梦笔生花宴、大米宴、薏米宴、灵芝宴、亲民宴、特色宴等各类宴席，临江的大饼、石陂的千层糕、濠村的什锦菜、盘亭的玉包金、忠信的萝卜干蒸排骨等乡村菜肴，九牧的豆腐、山下的笋干、枫溪的稻花鱼、盘亭的香猪、永兴的紫薯等优质食材，豆腐丸、辣椒酱、米花糕、笋衣饼、酒糟饼、灯盏糕等特色点心小菜。浦城作为美食的汇集地，让过往行人、宾朋记住了这座城市，更让所有游子魂牵梦萦，滋生出浓浓的乡愁。

2022年10月，浦城"梦笔生花宴"在南平市举办的"'醉美南平·十县百碗'全市地方菜品'比服务比练兵'"大赛中一战成名,这不仅是对浦城乡土美食的认可,还激发了浦城饮食文化创造、创新的动力。好风凭借力,希望浦城美食借助本次"梦笔生花宴"赛事圆满举办的春风,成为一张响当当的浦城名片,更上一层楼,招来八方宾朋,助力浦城持续发展、永续前行。

舌尖百味,美食故乡,一道道被浦城人精心烹饪的食物进入唇齿,占据心田,构筑起舌尖难以忘怀的故乡。浦城籍著名作家沈世豪在他的《一座古城的文化符号》中无限深情地写道:"民以食为天。不得不赞叹凝聚着世世代代浦城人智慧而被创造的美食,舌尖上的故乡,不仅飘溢着浓郁的地域特色,还成为乡愁的意象。"浦城的豆腐丸、清明粿、黄碱粿、炒螺蛳、苦槠豆腐等特色佳肴、小吃在他的笔下生花,他的精美散文则使浦城美食在饮食意义、地理意义之外,又有了文化意义。

相信有更多的浦城儿女正在以自己的方式,对故乡美食展开不断的怀想、回望,必将让浦城味道传播得更加长远。

值得欣慰的是,这本《梦笔生花宴》汇集的浦城美食,化为了精美的文字和图片,不仅是浦城人品读家乡、承载乡愁的文本,也将成为游客、宾朋走进浦城、品味浦城的指南。

是为序。

中共浦城县委书记 沈晓文
浦城县人民政府县长 李江平
2023 年 12 月

序二

　　浦城地处福建省北部的仙霞岭南麓，与浙江、江西为邻，号称三省七县锁钥之地。历朝历代，浦城是中原人士入闽必经之地，人来客往，从而形成浦城文化和饮食的多元化特点。

　　浦城的民间饮食通过融合创新，加上得天独厚的农林环境提供的优良食材，形成了丰富多彩的饮食文化，各种酒席的美味佳肴及居家的特色小菜，林林总总，数不胜数。

　　浦城之味道，是福建人喜欢的味道，由中原文化、闽越文化等融合而成。

　　2021年春节前夕，我们举办的"浦城一桌菜"，在浦城县酒店业协会的全力创作、配合下推出，如潮好评。

　　2022年10月，由浦城县委、县政府牵头，浦城县委办、县接待中心组织创作的浦城"梦笔生花宴"荣获南平市比赛第一名的佳绩。

　　2023年9月，由浦城县委办、县政府办主办，浦城县市场监管局、县商务局、县接待中心、县酒店业协会承办的"梦笔生花宴"大赛在丹桂山庄拉开帷幕。正如浦委办〔2023〕12号文件中所提出的：为进一步推动浦城地方特色和传统文化融合发展，践行"从群众中来，到群众中去"的工作理念，按照"三化五定"闭环落实机制要求，以"'醉美南平·十县百碗'全市地方菜品'比服务比练兵'"活动中浦城"梦笔生花宴"荣获全市第一名为契机，面向全社会进行"梦笔生花宴"美食征集、评选活动。

一道道美食从本地食材入手，在餐、宴品质提升上下功夫，往历史人文挖掘中注入情怀，浦城打出了"美食之城"的名号。

浦城秉承"传承、发扬、创新"的理念，结合浦城籍餐饮界、文化界的力量，融合浦城饮食的风味特征、文化特色和历史渊源，致力打造文化自信的典范之作。浦城以"梦笔生花"文化追寻为发端，融合浦城南北交融、三省交界的地域特性，放眼"新闽菜、新福味、新征程、新发展"，进一步充分发挥、挖掘和开发浦城特色菜品，传承美食文化，创新本土特色，提升制作水平，促进特色优质农产品的转化，让"梦笔生花宴"冲出福建，走向全国。

让我们融汇古今，共同推动浦城饮食文化成为闽菜文化繁荣的亮点，让"梦笔生花宴"脱颖、超越，引领"食"尚。

这一次的"梦笔生花宴"大赛，既有传承亦有创新，传统菜老料新姿，创新菜养眼入心，248道初赛菜肴精彩纷呈，50道入选推广菜匠心独具。我们相信，通过这次活动，"梦笔生花宴"必将成为浦城一张响亮的名片。

浦城，美食集散地，千百年来用她的热情、淳朴，招徕四方宾朋驻足、流连。

梦笔生花宴——浦城的文化盛宴，四季都有美食等待您的大驾光临！

是为序。

浦城县人民政府副县长　何秀菊

2023 年 12 月

序三

很喜欢小友余荣军取的这个名字。用"梦笔生花"作为浦城宴的名字，颇有品位。它立即让人油然想起这一成语的主人，那就是曾经当过浦城县令的江淹，而土生土长的浦城人，还会联想到江淹留下的浦城重要景点——梦笔山。江淹系南朝著名文学家、散文家，他的赋很美，他在梦中得到仙人传授神笔的传奇故事，更是流传千古，成为有着1800多年建县史的浦城优美的文化符号之一。当美食和文化相融，便有了诗，有了画，有了文，有了催发人们联想的翅膀，形神飞动，浦城宴怎能不令人为之神往？

有句老话：民以食为天。请注意这个"天"字。天者，巅也，至高无上的意思。通俗地说，食是老百姓天大的事情，万万不可小看。正因为如此，从古至今，人们都把食（即吃）的问题，提到极为重要的位置。而宴，无论是家宴还是其他，皆是美食的精华荟萃之所。浦城山清水秀、物产丰富，是八闽驰名的粮仓。浦城百姓勤劳，尤以好客闻名。正是厚重悠久的历史背景、广阔的社会环境以及别具一格的生活习俗的长期积累，才形成浦城美食的独特风采。在我的印记中，传统浦城宴形成了相对稳定的规程，第几道上什么菜都有约定俗成的规定。离家多年，关于浦城宴的具体内容已经淡忘，记得最清楚的是"退桌鱼"，也就是最后一道菜是鱼，一旦鱼上桌，就标志着宴会结束了。当然，普通的家宴包括朋友间的小聚，不受此拘束。

目前，浦城菜虽然暂时还没有进入全省乃至全国美食的驰名榜单，但就其内容之丰富多彩，口味之摇曳多姿，制作之精美上乘，的确足以令天下食客为之青睐，乃至拍案叫绝！它处于"酒香也怕巷子深"的尴尬地位，最主要的原因是交通较为闭塞。因此，加大宣传的力度，让更多的人认识浦城、了解浦城，进而热爱浦城，是相当有必要的。这也是本书出版的重要意义之一。

十分值得社会关注的是，为了让浦城宴真正成为美食界的品牌，多年来，浦城的业界在县委、县政府的领导和支持下做了大量的工作，并取得令人欣喜的成果。他们高度重视弘扬浦城传统美食，竭尽全力挖掘散落在全县各地受人欢迎的传统美食，并在这一深厚的基础上大胆创新，根据现代人们的口味、时尚、追求，创造新的美食品种。为了让美食走进大众，让大众成为情趣横溢的美食家甚至创新者，浦城最见奇效的办法是每年举行盛况空前的美食大赛。这一颇具地方风情的大赛，吸引了成千上万的群众，成为山城一大盛事。于是，经过专家、行家、群众相结合的认真评选，一批批原来默默无闻却手握绝技制作美食的高手鱼贯而出，自然成为制作浦城宴的骨干力量。实践证明，采用这种大赛的方法，出人才、出佳品，效果很好。

大凡宴会，无论东西南北中，均是荟萃当地驰名的美食，因此，宴会恰如一面聚光镜，从中不仅可以品味到当地珍馐，而且可以深入了解该地的人文风景。美食的制作不乏高超技艺，而且洋溢着浓郁的文化气息，具有时代性、地域性、创新性，一旦成为品牌，往往会产生强大的感召力量而受到人们的欢迎。君不见，源于三明地区的沙县小吃，短短几年间，不仅走向了全国，而且走到境外的不少地区和国家，受到中外食客的热捧。品牌的力量不可低估！

浦城宴是完全有条件成为品牌的。它既是美食，更是文化，在如今这特别讲究生活质量的社会具有广阔的前景。经过各方的努力，它还有可能如沙县小吃一样，成为得到广大食客首肯和欢迎的品牌。

祝愿"梦笔生花宴"如其美名一样，赢得一片喝彩！

中国当代著名作家、厦门教育学院教授　沈世豪

2023 年 11 月 22 日

目 录

梦笔生花宴

003 / "梦笔生花宴"获奖记……………………初学敏

006 / 美食的力量——"梦笔生花宴"赛事记
　　　　……………………………………余荣军

009 / "梦笔生花宴"浦城县首赛五十道佳肴
　　　　………………………………梦笔生花宴团队

　　009 / 浦稻天成仓廪足

　　　　010　胚芽晶莹粿　　　011　畲乡乌饭
　　　　012　香米焗波龙　　　013　一捧雪
　　　　014　竹香饭　　　　　015　珍珠镶玉
　　　　016　乌饭煨鸡　　　　017　思念粿
　　　　018　鲍鱼捞饭

　　019 / 菌王仙芝润南浦

　　　　020　灵芝老鸭汤　　　021　灵芝养心汤

022	灵芝豆花羹	023	灵芝条排盅
024	灵芝豆腐	025	灵芝菊花鲍
026	灵芝百合		

027 / 薏苡明珠共惠利

028	薏米葫芦鸭	029	薏米暖茶
030	翠竹明珠	031	冰意爽
032	三宝走地鸡	033	竹荪薏米卷
034	山海争鲜		

035 / 历久弥新传家远

036	章氏豆腐丸	037	炭煨鸡汤
038	凝脂鲜	039	酸梅酱鹅
040	古法稻花鱼	041	筒骨燕丝煲
042	腰缠万贯	043	农家熏鹅
044	赛蹄膀	045	蛋皮燕丸
046	一代天椒	047	金凤玉露
048	黑笋窖腊肉	049	春山竹芽
050	椒盐笋丝	051	茶香猪排
052	西山墨蹄	053	牛跳墙
054	西乡春卷	055	临江大饼
056	秘制酸辣鱼汤	057	卷子肉
058	鸭露桂花鱼	060	山海兜
061	书田东坡肉		

062 / 千年丹桂世泽长

063	清风玉糕	064	古法粉包汤

065 / 南平市首战大捷的十道菜品·········梦笔生花宴团队

  069 太平盛世   071 薏玉升辉

  073 蛋皮燕圆   075 红菇烩薯

  077 老豆腐丸   079 贵妃醉鹅

  080 黄鳅滑芋   083 风火三绝

  085 九牧蛋糟   087 蟠桃献寿

浦城理学十三子宴与其他

091 / 浦城理学十三子宴··············梦笔生花宴团队

  093 练绘珍珠   095 望之亮节

  097 德秀礼鹅   099 黄镂七味

  101 体仁卫道   103 文炳思亲

  105 潘殖鱼粿   107 彦清粉肉

  109 鹅湖之会   111 萧颛河鲜

  113 金色华年   115 四杨清风

  117 锦工鱼柳

118 / 浦城传统小菜与糕点··············梦笔生花宴团队

作家笔下的浦城味道

125 / 家乡美食··································沈世豪

135 / 寻味浦城：燕！宴！艳！···················周保尔

139 / 章氏豆腐丸之真味·························詹宗林

141 / 豆腐丸·扁食担……………………………余奎元

144 / 家乡的"十二件"…………………………陆永健

146 / 碱粿金黄……………………………………张冬青

149 / 菝花如蝶……………………………………刘军

158 / 浦城酒文化…………………………………姜曳

161 / 红烧肉悦话…………………………………余荣军

164 / 一代天椒……………………………………蔡旭麟

166 / 西山墨蹄……………………………………周海玉

168 / 炒米情愫……………………………………刘秀清

170 / 浦城肉饼……………………………………徐显龙

173 / 芋求芋取话当年……………………………谢荣华

175 / 战饭牯——浦城"干饭人"………………詹翔

178 / "读书人就该有肉吃"……………………余秉东

180 / 泥鳅熬芋子…………………………………叶小荣

182 / 炭火泥锅炖鸡………………………………始竹

184 / 跋:"梦笔生花宴"有感……………………初学敏

◎ 梦笔生花宴

"梦笔生花宴"获奖记

初学敏

2022年一个溢满秋阳的温暖日子，应浦城县委、县政府接待中心余荣军主任邀约，就南平市委办公室举办的"'醉美南平·十县百碗'全市地方菜品'比服务比练兵'"活动参赛一事进行交流探讨。余荣军近十年来一直服务于县委、县政府接待工作，他清楚浦城味道、浦城文化、浦城人才的优势和定位，对如何命题、组队，以及如何取舍参赛食材、菜品给予了中肯的、可操作的建议和意见。桂都左爱和大姐，一位近五十年致力制作浦城美食的践行者，她对浦城的所有食材了如指掌，对讨论定下的每一道菜品胸有成竹。熊晓璐以清新脱俗的形象在2018年参加中宣部故事讲演赛中脱颖而出，为浦城乃至闽北夺得唯一一张奖状的获得者，成为这次赛事现场解说的不二人选。浦城剪纸非遗传承人吴洵（一剪生花）负责为参赛主题和菜品设计制作剪纸。浦城大口窑青白瓷非遗传承人熊文杰负责设计制作餐具。焦点影视的郑永翔负责宣传片的摄制。我负责文字的创作撰写：从专题片的解说脚本，到每道菜品的文字撰写、故事叙说，再到每道菜品的每句诗行。

三江源、北大门，丹桂飘香的地方；
诗之乡、画之廊，梦笔生花的故乡；
这是镌刻在我心中的浦城最亮的名片……

很快，一段段文字在笔下呈现，浦城的故事、浦城的诗词无疑成为融入文字的最佳选择。感谢浦城作协的笔友刘秀清、叶小荣、张恒达的加持、助力，使得所有文字日臻完善。

一道菜、一个故事、一首诗词、一张图片、一段视频……都是我们用心呈现的作品。

经过一个来月的密集工作，10月18—19日，浦城"梦笔生花宴"在"'醉美南平·十县百碗'全市地方菜品'比服务比练兵'"中独占鳌头。它的成功不仅因浦城桂都酒店主厨让菜品在色、香、味上冠绝全场，还因融合了浦城稻文化、丹桂文化、剪纸文化、诗词文化和其他非遗文化，更有作为国家地理标识产品的浦城大米、薏米、丹桂等担当食材的主角。

每道菜就是一首诗，就是一道传承。

一道美食，包含着一个浦城故事、一段浦城历史、一种浦城精神。

感谢"梦笔生花宴"团队所有人的付出，无论是现场展示、厨师技艺、文字创作还是讲解宣传，各个分类评分上都获得好评，第一名实至名归。

而真正的获奖者：

是故乡浦城给予的丰厚的、源源不绝的优质食材；

是故乡浦城给予的丰厚的、传承发展的文化内涵。

"梦笔生花宴"，是浦城大地一道靓丽的风景！

美食的力量

——"梦笔生花宴"赛事记

余荣军

一场有近千名嘉宾、厨师等参与其中的"梦笔生花宴"美食评选活动，牵动着全县群众的味蕾与热情，成为全县人民参与的盛会。"梦笔生花宴"的每一道佳肴，都有一段情缘，充满了家乡的味道，是对过往岁月的追念和对未来生活的憧憬，是最忠实于内心的力量。

美食的力量之源是什么呢？我们在"梦笔生花宴"的美食评选活动中告诉您！

首先，是浦城县委、县政府的高度重视和深切关怀。2022年10月，由浦城县委、县政府牵头，浦城县委办、县接待中心组织创作了"梦笔生花宴"，并融入浦城剪纸、大口窑青白瓷等非遗元素，在"'醉美南平·十县百碗'全市地方菜品'比服务比练兵'"活动中折桂。借此契机，2023年浦城举办首届"梦笔生花宴"美食评选活动，旨在通过活动把健康理念、餐饮文化融入人们的一日三餐，挖掘乡村美食，推出民间厨艺高手，以展示人民群众生活中的乐趣，市井烟火里的清欢。

其次，是团队合作的力量。浦城县酒店业协会在周海玉会长的带领下，协会各成员单位积极参与，从活动筹备到决赛全程尽心尽力，确保了活动的顺利开展。"梦笔生花宴"活动初赛（2023年9月）在丹桂山庄举办，马建林总经理积极参与，倾酒店之全力，做好活动后勤保障。活动决赛阶段于2023年11月23日在浦城大酒店召开。决赛前余顺清总经理全程参与，酒店工作人员积极配合，加班加点，认真筹备布置活动现场事宜。教育大酒店蔡文华总经理作为厨艺总指导，对厨师们进行厨艺提升指导，总是有问必答、有求必应。全嘉福酒店总经理郑荣福根据浦城特色精心研制

灵芝宴、大米宴，为活动增添色彩。

其三，是文创团队的加持。文创人员集思广益，发挥奇思妙想，以浦城大米、丹桂、薏米、灵芝等元素作为主题场景，突破以往菜品传统展示方式，寓菜于景，别具一格。浦城县融媒体中心、浦城论坛派出专业团队助力宣传。"网红"海溪巫书记、百丈杨书记开启现场直播，将"梦笔生花宴"美食评选活动推上热搜。浦城县作家协会、摄影协会、影视协会、航拍协会更是为每一道菜品、每一个场景、每一份辛苦留下最美印记。浦城县赣剧团现场精彩献艺，特别演唱了著名作家沈世豪为浦城美食创作的歌曲《想起浦城菜》，余音绕梁，将活动推向高潮。

其四，是活动评委规格很高，前所未有。国家级高级技师、国家职业技能等级鉴定考评员、武夷山大红袍山庄总厨江建华先生，从初赛到决赛，每场评选结束，都会进行现场点评，给出专业指导意见。寻真味文化品牌创始人、千万粉丝美食博主、湖南卫视中餐厅第六季主厨、福建省餐饮烹饪行业协会副会长、福建省名厨委副主席、中国闽菜推广大师詹宗林亲临决赛现场指导，并对浦城非遗小吃"豆腐丸"青睐有加。此外，还聘请了福建省、浙江省一众国家级评委为活动压阵。这些在中国餐饮界熠熠生辉的"大咖"给予了"梦笔生花宴"极高的评价，他们也成为浦城"梦笔生花宴"走出山城、走向全国的"形象大使"。

其五，是浦城企业家的赋能。"健康美食何处寻，更上一层仙芝楼"，仙芝科技鼎力赞助，为宾客献上仙芝凡尘的传说。"丹桂花茶"赠送远方宾客，"壹叶传奇"倾情奉献，荣宇连锁特制"梦笔生花宴"蛋糕，官鹭酒业特供薏米精酿……色、香、味带来的冲击，令宾客沉醉其中，流连忘返。

"梦笔生花宴"饱含家乡味道，汇聚民心民智，让人们对浦城这儿的山、这儿的水、这儿的人……深深挚爱。

这就是美食的力量！

"梦笔生花宴"浦城县首赛五十道佳肴

梦笔生花宴团队

浦稻天成仓廪足

牛鼻山上铸精魂，浦稻天成为举樽。

汗洒田间仓廪足，稳擎金碗振乡村。

浦城是全国产粮大县、全国商品粮基地县，种粮面积、产量均为福建省第一。2020年4月7日，浦城大米地理标志证明商标正式获批注册，标志着浦城大米站上一个崭新的高度。

山连两脉，水注三江，浦城土壤肥沃，自古以来就是福建的"鱼米之乡"。浦城大米久负盛名，在唐代就已声名远播，传统品种有小籼米、红米、粳米、黑米、糯米。经过多年的引种和试种，又有了中浙优8号、K两优369、桃湘优莉晶、野香优丝苗、福香占等为主的优质中晚稻品种。这些稻米主要特点为长粒饱满，颗粒均匀，清白透亮，垩白度较低，透明度好，胶稠度大，直链淀粉含量在13%—18%，胶稠度80 mm以上，锌含量较高，蛋白质含量高，煮出的饭粒黏而不腻，糯中带韧，软硬适中，油润甘甜，香味浓郁。用浦城大米煮粥时，上面有一层浓滑如膏的米油，营养丰富。

几千年来，浦城人努力用双手从土地中获得温饱，从种子到秧苗到金黄稻谷，春耕秋收。一碗醇厚喷香的米饭，延续着农耕文化的生命力和创造力，绵长而深远地温暖着浦城一代又一代人，承载着浦城人心中家的味道、故土的乡愁。

胚芽晶莹粿

制作： 热锅冷油将年糕煎至金黄，加调制的配料，炒入味，出锅。

碱灰热水试劲道，万捣千捶席上珍。
煎炒水煮皆入味，迎新留客慰情殷。

选上等胚芽米，制成年糕。佐以土猪肉、时令蔬菜炒成，口感软糯Q弹，米的香和菜的鲜融合得天衣无缝。这道美食可解馋可饱腹，春节期间，浦城家家户户都要吃米粿。

顺兴餐馆主厨　王树兴

正大溪鲜店主厨　徐翠芳

畲乡乌饭

制作： 用乌饭树叶捣汁，将糯米浸泡5小时，滤干水，上笼屉蒸熟即可。

山中绿叶汁如墨，泡米常将月色侵。
四月初八新糯炒，乌溜畲饭味尤珍。

乌米饭不是乌米做的饭，而是用乌饭树叶汁浸泡的大冬糯做出来的。这道美食劲道，有嚼劲，不油腻。民间认为，乌饭有止痒、补肾、滋补之效。

相传，宋太宗派孟良、焦赞两位将军率部攻打南蛮十八寨，当攻打到前洋附近的西山寨（现富岭高坊村一带）时，士兵多染瘟疫，有个叫华光的郎中叫士兵们采摘山上的乌饭树叶取汁泡糯米做乌饭吃，吃后士兵不仅病痛全无，而且身强体壮。当年四月初八，将士便把南蛮十八寨全部拿下。从此，当地每年农历四月初八吃乌饭的习俗代代相传。

香米焗波龙

制作： 选取上乘的浦城大米，蒸熟，粒粒洁白清香的米饭加入海鲜波斯龙，在热油中汆炸至微黄，炒出喷香，最终呈现出一道山、海同入味的美食。

大米蒸熟炒喷香，大龙虾入味纯良。
清馨软糯多元蕴，山海长牵路正长。

浦城大米香气浓郁、口感软糯；波斯龙富含丰富蛋白质，肉质鲜美，营养价值极高，口感极好。山与海的美味碰撞，让食客舌尖有回味，心间有余音。

浦城大酒店主厨　王海平

海溢大酒店主厨　季雪萍

一棒雪

制作：糯米浸泡4小时后装碗，将配料置碗中，入笼屉蒸1小时后，扣盘端出。

软糯香甜八宝并，花油轻覆最相宜。
上笼蒸透理脾肾，众口能调言不欺。

传统叫"八宝饭"，是浦城民间盛行的，年节餐桌或各种喜宴必上的甜食。它以浦城大冬糯为主料，配以猪网油、红豆沙、莲子、花生、芝麻、桂花、红枣等蒸制而成，晶莹如雪，香糯甘甜，内馅丰富，质地柔软，鲜美纯香。

浦城人最惦记的，就是八宝饭的那种看似简单又实在的满足感。

竹香饭

制作：浸泡后的大米，锅中煮八成熟捞出，拌猪油装入竹筒，加鸡蛋，蒸8分钟即可。

凌云竹翠泛春光，斫取圆筒大米装。
红火炙烧赢一笑，解饥消怨袖添香。

竹香？饭香？还是蛋香？浦城的纤纤翠竹、万顷黄稻，成就了竹香饭。竹香饭选用浦城优质大米、农家土鸡蛋和土猪肉烹制，软糯适口，喷香开胃，是家的味道。这是浦城的经典美食，如今更成了寻味的时尚。

全嘉福大酒店主厨　杨益强

全嘉福大酒店主厨　张云

珍珠镶玉

制作： 糯米浸泡3小时，咸蛋黄包入鲜猪肉馅中，外皮包裹糯米，大火蒸20分钟即可。

肉馅蛋黄裹作丸，米粒均沾可祛寒。
外冷内热闺秀质，蒸笼一出玉珠团。

菜品选用浦城大冬糯、土猪肉、咸蛋黄等食材，采用肉馅包蛋黄再裹上晶莹剔透的糯米的方式精心烹饪。食客第一口会吃到糯米和猪肉的鲜香，再尝到里面的咸蛋黄，极有层次，口感丰富，别有一番风味。

乌饭煨鸡

制作：先用乌饭树叶汁浸泡大冬糯数小时，再蒸出清香油亮的乌饭。母鸡处理后用盐、酒等腌制 40 分钟，干蒸熟透至香烂。最后，加上原味鱼子酱和乌饭搭配摆盘。

乌饭蒸成鸡溢香，珍珠油亮糯中王。
八珍巧配滋心肾，补血尤须此秘方。

又名"八宝乌饭鸡"，采用乌饭和乡下散养的老母鸡腿肉做主料，既有鱼子酱香，又有乌饭的清香和鸡腿的鲜香，软糯适口，营养丰富。因具有很好的滋补作用，它又被称为"补血饭""长寿饭"。

丹桂山庄主厨　蒋较斌

海溢大酒店主厨　彭丽萍

思念粿

制作： 浦城的粳米、糯米以四比六拼配磨粉，加上春天生长的鼠曲草揉成的皮，馅料是春笋、香菇和土猪肉（腊肉、熏肉更佳）。也可以是甜的，馅由红豆沙加桂花蜜浸糅合而成。蒸熟即可。

清明雨洒泪纷纷，糯粉揉团忆念深。
碾草塑形三味入，玲珑绿透寓情真。

思念粿是浦城传统点心，也叫"清明粿"。每年清明节前后1个月吃到的这道点心，蕴藏着浦城人的情怀，承载着一代又一代浦城人对清明文化的尊崇和传承。

鲍鱼捞饭

制作：选取鲜活鲍鱼，淋上由猪脚、肉皮、火腿、鸡爪、龙骨等熬制的酱汁，放入屉笼蒸上两个小时。

猪脚肉皮添凤爪，萃成汁液配鲍鱼。
淋浇米饭笼蒸透，频翘舌尖脏腑舒。

食客常言："浦城米，霞浦鲍，舌尖嘴上翘。"鲍鱼捞饭是浦城"大米一桌菜"中的珍品，鲍鱼配以浦城大米饭，每一口都饱含着田野的清香和海风的咸鲜。

金嘉福酒店主厨　章秀云

菌王仙芝润南浦

仙姬盗草下凡尘，除病消灾驻暖春。

南浦于今多种植，药食文旅布局新。

诗人曹植《灵芝篇·灵芝生王地》云："荣华相晃耀，光采晔若神。"灵芝，是人们心目中的三大仙草之一，是长生、吉祥、爱情的象征。在民间，灵芝具有"菌王"的美誉，可以解百毒，补气安神，止咳平喘，用于眩晕不眠、心悸气短、虚劳咳喘（《神农本草经》）。灵芝神话起源于《山海经》，说灵芝是炎帝爱女的灵魂化身。麻姑献寿中，麻姑给王母娘娘献的是灵芝酒。《长歌行》里，留下了"仙人骑白鹿，太华揽灵芝"的诗行。《本草纲目》把灵芝誉为"扶正固本、滋补强壮"的名贵神药。由于珍稀，灵芝以往都是王公贵族享用的。如今，随着灵芝的培育、种植和破壁技术的日臻完善，昔时仙草已走进凡间，成为寻常百姓的健康之宝。浦城这方山清水秀的土地，为灵芝生长提供了绝佳之境。

把这取天地日月之精华的仙草灵芝带入日常饮食，激发了浦城大厨们大展身手的激情，一道道营养美食让人们口齿留香，可谓：美味入舌尖，健康心中留。而这，也象征着深山里长出的仙草为远道而来的嘉宾和家乡的百姓送上了吉祥、如意。

灵芝老鸭汤

制作：以闽江源头南浦溪边散养的番鸭为主要食材，加上灵芝等精心煲制而成。

灵芝慧具善能融，百弊可消三界通。
鸭肉养生驱燥火，靓汤常啜效仙翁。

鸭肉鲜香不油腻，菜汤清甜而润滑。鸭性寒而灵芝性温，此菜有滋阴清热、补中益气、养血安神等功效，是四季可食的营养佳肴。

开源食记主厨　陈维禄

海溢大酒店主厨　张森彪

灵芝养心汤

▍ **制作：** 灵芝配以土猪猪心，蒸煮后切片。

芝仙何事下凡尘，欲为人间辅弱身。
一洗烦心谁最乐，忘争小我享天真。

猪心的鲜融入灵芝的香，鲜香四溢，排毒养颜，滋阴润燥，益精补血，养心延年，对消化有益，具有很好的滋补作用，是一道美味的养生菜。

灵芝豆花羹

制作：将灵芝孢子粉加入黄豆豆浆，凝成孢子粉豆花，口感润滑、细腻，营养价值极高。

孢粉山珍涤俗尘，滋阴润燥美颜神。
豆花添取鲜无匹，入口爽滑奇效真。

破壁灵芝药理活性高，有助消化，具有滋阴润燥、美容养颜的功效。

浦城大酒店主厨　季国萍

浦城大酒店主厨　季国萍

灵芝条排盅

▌ 制作：由灵芝、猪肋骨、山药三种食材隔水蒸煮而成。

灵芝清补条排鲜，山药软滑两季延。
隔水炖成汤汁嫩，秋冬常备梦常圆。

它有灵芝的清甘滋补、条排的鲜香和山药的爽滑，是秋、冬季节的滋补佳肴。

梦笔生花宴

灵芝豆腐

▍ 制作：土番鸭与灵芝熬汤，豆腐切块放入汤中熬煮，加枸杞。

巫山脚下一仙翁，豆腐西施带笑逢。
菊外秋深消俗虑，敬亭默默对归鸿。

结合灵芝的滋补功能，加上豆腐的鲜嫩口感，此菜品吃起来温润鲜香，可补气养血，增强人体免疫力，促进新陈代谢。

桂都国际大酒店主厨　叶勤友

康乐园酒楼主厨　徐宏斌

灵芝菊花鲍

> **制作：** 把鲍鱼切成精美的菊花状，用鸡汤氽煮。盛上桌时亦可放入几朵小菊花装饰。

自古仙宫享誉名，灵芝今日满山城。
鲍鱼堪作八珍首，更赖鸡汤慢火烹。

　　灵芝被称为"森林黄金"，而鲍鱼为"海鲜八珍"之冠，两种山海极品用鲜美的鸡汤煨制，融合山林精华和海洋珍品，成就一道营养药膳，有补气、养肝、健脑之功效。

灵芝百合

制作： 把百合加入蜂蜜、牛奶浸泡，槟榔芋蒸熟捣烂加糖和灵芝孢子粉拌匀，用猪油炒至清软，摆盘。

心想事成迎百合，清纯高雅喜相逢。
仙芝降世忧烦扫，福顺双临乐返童。

这是一道灵芝粉与百合、芋泥、蜂蜜等偶遇变幻出的一道甜品，软糯、喷香、甘甜，可做餐前、餐后小点。将产自浦城的地道食材蒸熟，并在锅里翻炒出香味，可让食材的营养得到最大程度的保留。

海鲜大酒楼主厨　凌辉

薏苡明珠共惠利

薏苡生辉耀浦城，地标万亩玉珠盈。

排湿祛病延年寿，酿酒佐餐亮美名。

我闻到了，它们醇厚的香味儿。没有因为岁月的久远而消散，反而愈加浓烈。它那样完好、安静地在那里等待了——几千年。终于，它被熟识并热爱它的人们关注。究其根源，是它千百年与生俱来的与这块土地始终和谐共处、互惠互利。

新石器时代晚期，南浦溪沿岸的先民就在这块土地上栽培薏米，历经几千年历史长河的培育驯化。它是历代浦城人民智慧和创造的结晶，终于成长为同类中极富生命力、品质极佳的产品，有着"薏苡明珠""珍珠米"等美誉。

浦城薏米好在哪？

糯、甘、稠，一煮就烂，祛湿性强，很好吃……

2008年12月24日，专家组一致通过了浦城薏米地理标志产品保护的申请，并确定了浦城薏米质量技术要求。

浦城薏米获得中国地理标志产品保护，这是浦城农业发展史上的一大亮点。

古老的山风、温情的土地，将永远伴随它一起成长，一起古老而年轻！

薏米葫芦鸭

制作： 浦城农家自养水鸭去骨腌制 2 小时，搭配官路上等薏米、鲜豌豆、新鲜虾仁、秘制汤料煨熟。

春江水暖鸭先知，细嫩鲜香正当时。
薏纳囊中珠玉润，万家寻味美名驰。

这是一道老菜新做的创意菜。薏米葫芦鸭的肉质鲜嫩，色泽鲜亮，鲜香清甜，有浓浓的薏米香，具有温补养胃之功效。

银都酒店主厨　吴长贵

薏米暖茶

制作： 在炒熟的薏米粉中加入党参、生姜等冲泡开水。

中原入闽咽喉地，薏米明珠光芒闪。
饭后一杯消食快，餐前开胃也润肠。

这是一道创新美饮，祛湿利水，健脾清补。餐前一杯薏米茶能润喉开胃，宴后一杯薏米茶能消食健胃。

翠竹明珠

制作： 用糯米、干贝、墨鱼、香菇、红萝卜等与官路薏米放入船型竹筒里蒸熟。

谦谦君子温如玉，竹里清馨山外亭。
薏米已然清可赏，何如一并下鸥汀。

这道美食食材种类丰富，造型精致。薏米甘糯，吃起来清淡微甜，又有竹子淡淡的清香，口感丰富，很有营养。

桂都国际大酒店主厨 徐建孙

昇辉大酒店主厨　姚意兰

冰意爽

▌ 制作：选取上等官路薏米熬煮，放凉，冰镇。

冰清玉液无双饮，官路明珠首创成。
利水健脾奇效显，迎春度夏乐飞觥。

浦城官路薏米因质优味美、药用价值高而享誉天下。这是一款以官路薏米为主新开发的饮品，是中国地标产品薏米产地的特有饮料。冰薏爽的口感细腻、醇厚清爽，喝后齿颊留香、回味无穷。饮用此品可祛湿利水、温胃健脾，是春夏季之良伴。

三宝走地鸡

制作： 官路薏米搭配大米、糯米、咸肉等食材塞入去骨鸡腹，加老酒蒸100分钟。

精选地标三种米，土鸡只喂自家粮。
为求康健真心付，火候当严屡试汤。

这道在传统基础上创新的美食，充分发挥了浦城本地食材的优势，是一道健康、绿色、营养的美食。

桂都国际大酒店主厨　徐为

桂都国际大酒店主厨 孙桐凌

竹荪薏米卷

制作： 竹荪洗净灌入薏米，两头用葱结绑好，蒸30分钟，最后淋上南瓜泥调成的金色汤汁。

竹荪滋补宁神志，薏米消肿水气除。
两者结合汤色好，养颜健胃骨筋舒。

竹荪是一种食用菌类，含有多种氨基酸、维生素等，具有滋补强身、益气补脑、宁神健体的功效。据《本草纲目》载，薏米健脾胃、消水肿、祛风湿、舒筋骨、清肺热。竹荪、薏米的结合，香味浓郁，滋味鲜美，令人入口难忘，是道不错的绿色食品。

梦笔生花宴

山海争鲜

制作： 选用官路薏米搭配龙虾、鲍鱼、甜豆、胡萝卜等切丁滑炒，最后加鱼子酱点缀。

薏米明珠不暗投，马援无意惹蒙羞。
江淹梦忆雕胡美，白玉邀朋爱甜稠。

薏米之鲜融合山珍与海味，口感丰盈、清淡香滑，是一道以浦城特产官路薏米为主题创作的融合菜。

丹桂山庄主厨　张桂斌

历久弥新传家远

仙霞古道通南北，故里偏知旧梦痕。

千载不泯乡野味，阳春白雪简中存。

南宋，钱塘江和闽江因着仙霞古道而连通，闽省内陆的经济贸易达到前所未有的繁荣。可以说，仙霞古道见证了万商云集的繁盛景象，讲述了南来北往群贤毕至的文缘墨趣，延续了弥漫于山城街巷的凡尘烟火，充盈了舌尖味蕾的浦城味道，且历久弥新。

三江源头的溪流间，阡陌纵横的田野上，林海竹浪的大山里，四季流转的时光中，丰饶的食材让浦城的厨师们手艺尽显，他们总能让每一个季节都变得那么的有滋有味、活色生香。经典传承的不单是至味清香，还有推陈出新，他们是外婆的慈祥，是妈妈的大爱，是儿女的孝行，是家乡的记忆……香辣热情的浦城之味道，如淙淙暖流从舌尖到心头，从远方到跟前。

人们记住浦城，始于文化，赏于美景，绵长于美食。真可谓：从此浦城一回首，人间美食羡重来。

章氏豆腐丸店主厨　章志芬

章氏豆腐丸

制作： 豆腐加盐捣烂，猪腿肉丁撒在豆腐泥中，小汤匙舀豆腐泥裹小肉丁滚成橄榄状丸子，上浮后舀入高汤盛起。

精挑豆腐捣成团，裹肉粉沾橄榄丸。
滚玉下锅汤鼎沸，邀来清白荙君馋。

豆腐丸是浦城非遗小吃，形似橄榄，色白如雪，质地嫩滑，味道鲜美。一碗热腾腾的豆腐丸加些许辣椒酱和陈醋，味道别致，成为浦城酒店、餐馆招待贵宾的一道必选菜。

羽鲜坊（土鸡哥）美食店主厨　叶伟

炭煨鸡汤

▍ **制作：** 选择喂食糠谷或杂粮的老母鸡，以风炉泥锅慢炖。

风烟南浦足鸡豚，顺手捉来瓦罐炖。
慢火煨汤能靓仔，芝菇探母谢深恩。

鸡肉不腥不柴，鲜嫩软烂，汤汁甘美，香味浓郁。此道菜品做得好的"土鸡哥"，在浦城第一届"丹桂美食节网络评选"中获得佳绩，是2023年的浦城美食直播大赛冠军。

凝脂鲜

制作： 鲜猪肥肉切条，裹上鸡蛋、面粉糊放入热油锅翻炒至肥肉条出油，捞出。白糖熬成挂丝，倒入肥肉条拌匀装盘。

万里通京此境联，诸多美味已失传。
形如羊尾今犹在，肥肉油炸酥脆甜。

民间称"羊尾巴"，因其成品外形如羊尾而得名，是浦城的传统小吃。它酥而无渣，香甜可口，入口即化。

传统的浦城办酒席，其中定有它。旧时办宴席，菜色、次序都有定式，菜名也有相应的口彩。"羊尾巴"的保留，让老一辈食客觉得尤为珍贵。

旺旺快餐主厨　韩金寿

酸梅酱鹅

制作： 鹅肉去血水，用姜、蒜、花椒炒出香味，加入料酒生抽翻炒，再加酸梅酱和高汤煮入味。

乡村散养土鹅肥，开胃酸梅拌酱醅。
滑嫩欲成凭静气，烹来至味众宾围。

选取浦城乡下散养土鹅，再佐以特制的酸梅酱烹饪，鹅肉滑嫩，酸甜开胃，营养丰富。

万聚兴大酒店主厨　曹宗旺

古法稻花鱼

制作： 稻花鱼煎至金黄，砂锅底加入芋子，摆好熟鱼，加啤酒、秘制辣酱及配菜，煲30分钟。

路远山高怕返贫，梯田水净稻鱼亲。
红潮绿缀香扑鼻，欲释乡愁对锦鳞。

选取浦城枫溪梯田中新鲜稻花鱼，搭配芋子和青豆烹饪。鱼要带鱼鳞煎过再煲，这样做出的鱼肉质嫩鲜香，还带着野生稻花鱼特有的清甜。

浦城大酒店主厨　王海平

筒骨燕丝煲

制作： 猪肉、荸荠制成泥，加调料拌匀，用燕丝包好，沸水中煮熟捞出，放高汤中即可。

筒骨高汤滋味鲜，须凭火候控封严。
燕丝裹馅银球泛，雪菊冰心落玉盘。

燕丝为浦城特色美食，营养价值高，鲜美而丝滑。土猪筒骨熬的汤汁浓郁醇香，配以食而不腻的肉燕，味柔而脆嫩。若再吸到入口即化的筒骨髓，那一口赛过玉露琼浆。

腰缠万贯

制作： 精选五花肉，搭配长豇豆干红烧烹制。

乡村味道在闽边，豇豆晒干可绕缠。
肉选五花吃不腻，相融软糯见胶弹。

长豇豆干缠绕红烧五花肉，寓意丰饶尊贵、生活富足。五花肉口感软糯，润而不腻，肉皮胶弹，加上烹制后的干豇豆，能同时吃到软糯和劲道，一道菜品，两种风情。

荣记鹅庄主厨　詹新荣

农家熏鹅

> 制作：取农家土鹅，涂上秘制的酱料，以材熏制。诸多熏材中，加上了桂花和柏枝。

南浦白鹅溪上欢，烹成肉嫩惹人馋。
巧将桂柏熏鹅块，入口香酥已似仙。

浦城乡下农家有各种各样的熏鹅技艺，熏出的鹅肉，在酥软中不但有使人开胃生津的熏香，还隐约透着淡淡的柏枝香、桂花香。

昇辉大酒店主厨　揭志强

赛蹄膀

制作： 五花肉切方块，用福建老酒及糖炒至金黄，食盐腌制 12 小时，再卤制 4 小时后冷藏。黑笋干置锅底，放上肉煲制。

金榜题名须尽欢，怕将蹄膀座中添。
五花肉嫩荸形似，赛过原材味更鲜。

这道菜取名"赛蹄膀"，原因有二：一是取其吉祥的寓意；二是食材选用五花肉，不像蹄膀那么油腻，但口感细嫩不输蹄膀，令食客回味无穷。

昇辉大酒店主厨　揭志强

谈都酒店主厨　吴长贵

蛋皮燕丸

制作： 用土鸡蛋、地瓜粉摊成皮，取五花肉、荸荠作馅，包成丸形，放蒸笼大火蒸熟。

徐氏家厨创肴羹，千载传承久负名。
蛋液摊皮包肉馅，热蒸开宴送深情。

又叫"蛋包肉"，色香味形俱全，口感松软，营养丰富，既可为菜，又能当主食。这道菜据说出自清朝嘉庆年间独自捐资筑城的祝徐氏家厨之手，是地道的私房菜。厨师技艺表现在蛋液和地瓜粉的比例，肉馅的选材和调制，燕皮包裹肉馅的手法等上。

一代天椒

制作： 取当地当季的青椒入烤，不能去蒂，不能拍散。烤时轻轻翻动，不能让辣椒香气跑漏。烤好后撕成条或用剪刀剪碎放入碗里，用鲜猪油浇裹加生抽拌匀。

南浦山高地气寒，青椒留蒂火中翻。
熟时香气犹包裹，剪碎加油辣顶天。

浦城人无辣不欢，把烤辣椒叫"煨番椒"。"一代天椒"便是一道烤辣椒，是凡尘烟火中的粗菜淡饭，青椒的香、鲜、辣直击味蕾，令人胃口大开。若作为宴席小菜，可加上洋葱、蒜蓉、香油、肉酱，色香味更为丰富。

昇辉大酒店主厨　姚意兰

教育酒店主厨　邹少英

金凤玉露

制作： 鸡蛋加盐、料酒打出泡沫，倒入油锅翻炒熟后装盘，撒上炒熟的香菇米、火腿米等。

一朵芙蓉披艳妆，鹅黄似玉动村坊。
天时火候油温控，可遇难求惹梦长。

民间称"芙蓉蛋"，因成品恰似一朵鹅黄色盛开不谢的芙蓉。这虽是一道家常菜，但很考验厨师的厨艺，配料、火候、油温、时间要控制得很精准。此菜品味似玉露，鲜嫩滑爽，清香四溢。

全嘉福大酒店主厨　张云

黑笋窨腊肉

制作： 腊肉退盐，入蒸 30 分钟切片，黑笋干泡发软糯，炒香，加辣椒干、糖、老酒焖香，摆入盘蒸 15 分钟。

高山有竹梦常安，烟火万家腊味联。
市远盘飧何足虑，邀朋对酒白云边。

浦城腊肉在土灶头慢熏而成，有独特的香味，是一种传统食材。浦城黑笋干以枫溪、山下两乡的最为出名，有开胃健脾、降血脂、缓解便秘等作用。两种食材只需简单加工，便成为一道特色美食，是当地农家招待贵客之美食。

春山竹芽

制作： 选用浦城当地俗称"鸡谷别"的红壳小笋，主要用水捞，最大程度保留小笋原有的味道，再淋上葱和青椒汁等。

高山流水盼知音，百涧千坑对月吟。
小笋得来不费劲，东坡慢捻奏瑶琴。

此菜品入口能让舌尖充满大自然的清新，好似品尝到高山上春夏的风雨露水，风味天然独特。

全嘉福大酒店主厨　汪华

椒盐笋丝

> **制作：** 选本地新鲜脆嫩的小竹笋晒制成的笋干，做菜前先泡开，过油，色泽金黄脆香时装盘，撒上椒盐。

万杆青竹向阳生，福笋应时送暖情。
烹后千丝多脆嫩，东坡常备益肠羹。

此菜品入口清香四溢，尽管时光流转、季节变换，但笋的鲜味依然得到保留，让你能在秋冬尝到春夏的滋味。此菜品富含多种维生素和纤维素，可促进消化，是下酒佳肴。

浦城大酒店主厨　王海平

万聚兴大酒店主厨　胡小明

茶香猪排

制作： 精选浦城土猪条排，以茶入味烹饪而成。

闽北山中出好茶，宜人上品赏清嘉。
排骨烹调辟蹊径，入喉绵久味堪夸。

茶是闽北山中的野茶，条排是闽北土猪的条排，以茶入排，条排有扑鼻茶香，清爽不腻。

西山墨蹄

制作：鲜猪蹄切圈，用乌饭树叶汁浸泡4小时后捞出，加调味料焖烧至熟。

猪蹄富养属珍馐，食客趋之恐冒油。
乌饭汁烧消百虑，驻颜控脂香满楼。

在南宋大儒真德秀的一次文人聚会中，乌黑油亮透着清香的猪蹄让客人吃得满口生香。客问此菜何名，有何讲究。真德秀告曰："用后山的乌饭树叶汁和猪蹄一起煮，乌饭汁可控油脂、润颜色、养肠胃、补精髓、强筋骨，常吃有益健康。"真德秀请众人赐菜名，好友叶绍翁文思敏捷，名曰"西山墨蹄"。西山乃真先生之号，墨即乌黑也！顿时席上众人称好！从此，西山墨蹄美味飘香坊间千百年，在江浙一带尤为文人墨客所喜好。

正大溪鲜店主厨·徐翠芬

十年私房菜主厨　刘新华

牛跳墙

> **制作：** 牛鞭切花刀，与老鸭、猪肚、鳝段等本地食材加浦城糯米酒煨制。

老牛奋蹄为哪般？猪肚番鸭调劲鞭。
鳝段已将筋脉畅，还邀酒力迸如泉。

这是一道创新菜，创意来自"佛跳墙"，但所选食材为山珍河鲜，食之滋补养生。

西乡春卷

制作：芋母丝、海带丝、冬笋丝、韭菜等做馅，包入春卷皮，即食或炸金黄后食用。

芋母冬笋炒馅丝，鲜滑海带亦相宜。
薄皮轻卷条筒状，自助佐餐能解饥。

这道菜是浦城餐桌上老少咸宜的传统菜，关键是调味。馅料备好后，包入备好的春卷饼皮中，即包即食，亦可煎炸。此品可菜可食，清香脆爽不油腻。

梦笔大酒店主厨　廖芳武

浦城大酒店主厨　余文英

临江大饼

制作： 先将揉好的面团醒过，取适量摊开擀成薄薄的一层，铺上肉末和韭菜后卷成条状，以产生层次感，再擀开后用油煎。

揉面摊层铺肉末，卷条绿韭衬金黄。
油煎慢擀留酥嫩，切片装盘屋绕香。

又名"久香大饼"，由面粉、土猪肉、韭菜为主要食材加工而成。这是一道在浦城城乡久负盛名的美食，可当小吃，也可当主食，咸淡适中，外酥里嫩，鲜香可口。

秘制酸辣鱼汤

制作： 取新鲜活鱼的鱼肚和鱼子，用秘制的辣椒酱和农家地瓜粉腌制入味，以去除腥味，同时增加鱼肚的嫩滑、鱼子的松软，再配上黑木耳、金针菇等丰富的配菜熬煮。

源起溪鲜酸辣汤，去腥籽肚嫩滑肠。
椒腌酱拌地瓜粉，大火烹烧入口香。

鱼肚嫩滑鲜脆，鱼子松软绵密，鱼汤酸辣入味，闻之香气四溢，食之解腻开胃。

溪鲜小院主厨　刘锋

安华酒店主厨　范乐军

卷子肉

制作： 先将鸡蛋、面粉调成糊状，与猪网油一起裹住肉馅，再经油炸起锅。

卷子炸肉多考究，网油裹馅要加糊。
土猪肉里蛋调粉，水嫩保持酥脆余。

这是一道浦城传统美食，由鲜猪肉、猪网油、鸡蛋、面粉等烹饪而成。卷子肉口感咸香，外皮酥脆，肉馅水嫩多汁，香而不油腻。

鸭露桂花鱼

制作： 选土番鸭，干蒸出一小碗鸭露，浇在桂花鱼上，铺上鸭脯肉再上笼，即蒸即食。

昇辉大酒店主厨　肖鹏武

肉细原为淡水王，宝刀淬炼更风光。
干蒸鸭露浇鱼体，配料上笼透腑香。

桂花鱼可谓是淡水鱼之王，和鸭肉搭配烹制后，闻着香气扑鼻的鸭露，鱼肉口感鲜而嫩滑，鸭肉香而细腻。

山海兜

制作： 用面粉、生粉调制浆粉在锅里摊成粉皮，包以猪肉、虾仁、葱花、笋丝等馅料。馅料可根据季节变化选择。

山中蔬果自青葱，海上尝鲜恐技穷。
数味相投珍味拓，兜来秀色亮神通。

成品外形为三角形，好似一个小网兜。它将山间地头与海边的鲜美食材包成一兜，让美味充盈舌尖，是一道闽地山与海之风味融合的美食。

全嘉福酒店主厨　王飞

书田东坡肉

制作： 将五花肉切方块，用红曲粉等调料焖软烂，摆入雕好的冬瓜书本内，淋上芡汁。

书田索句叹无才，种德东坡向九垓。
酒肉穿肠诗心在，顺其自然远尘埃。

这是一道以传统菜东坡肉结合浦城的人文故事"梦笔生花"进行改良升级的创意菜。这道形式创新、取意传统的美食，先用冬瓜雕出一本书的造型，落书"梦笔生花"，再将色泽晶莹的东坡肉放入书本样式的冬瓜内，一旁配一枝"笔"，笔的材质根据季节变换而变换。它满足了现代烹饪的要求，色、香、味、形、意俱佳。

千年丹桂世泽长

千秋月照桂犹香，百里落霞披盛装。

仙子抛枝南浦遍，瑞霭浮动美名扬。

在南浦大地，丹桂香飘 2200 年。

丹桂，又名木樨，被誉为"百花之长"。

江淹的梦笔之花，应一如丹桂。江淹对得起仙人所赠的五彩笔，也对得起高贵热情的丹桂："桐之叶兮蔽日，桂之枝兮刺天""香枝兮嫩叶，翡累兮翠迭""桂枝空命折，烟气坐自惊"……

年复一年依然葳蕤的九龙桂，是浦城的一张名片。绚烂的色彩、浓郁的香气，使丹桂成为浦城文化的象征。2010 年 9 月 3 日，浦城丹桂获得中国地理标志产品保护。

金秋时节，丹桂红了。微风轻拂，轻盈地在岁月里流连，飞扬的身姿在天地间闪跳，这是浦城人心中迂回的歌，枕边婉转的箫，梦中吟唱的曲……

丹桂，一朵植根在山城人心中的花，盛放在山城的每个季节，盛开在山城人们的心中。它的芳香已浸入百姓心田，山城人的热情、纯朴、勤劳，正是丹桂文化的最佳诠释。

春而碧树呈翠，秋而红妆满林。清清洁洁、红红火火，是丹桂之乡人们的理想生活，也是丹桂之乡献给世人的一份特殊的礼物。

用丹桂入宴，是浦城的文化盛宴。

顺兴餐馆主厨　王树兴

清风玉糕

制作： 将地瓜粉、丹桂等加水拌匀，热锅热油炒得软硬劲道，出锅切块状装盘。

德秀荣登儒士榜，家贫无肉宴何欢。
番薯洗粉凝心意，巧作糕呈展笑颜。

这道炒肉糕是素点，主料是浦城上等地瓜粉，配料是当地特产丹桂、金橘蜜浸、花生仁等。

相传宋淳熙五年（1178），19岁的真德秀考中进士，母亲想为儿子庆贺，但因家穷没钱买肉，便用家中贮存的地瓜粉做成肉糕。母亲巧手制作的"炒肉糕"晶莹剔透，红白相映，筋道十足，浓香四溢。子有出息，母有爱心，使炒肉糕数百年传承至今。

古法粉包汤

> 制作：将大米、熟糯米粉、芝麻、花生、丹桂蜜浸、猪油等揉做馅料，搓成桂圆状，放入开水中反复烫熟、滚粉，最后捞出放入桂花糖水中蒸熟。

人间至味属清和，酒后宜能消醉酡。
三粉巧将甜点做，顺滑入胃唱欢歌。

大米之乡的人们把大米加工成各种各样的美食，工序繁杂的粉包汤就是其中一种。粉包汤的口感柔软顺滑，米香、油香、桂香充盈舌尖，入口温和细腻，是一道绝佳的酒后甜品，既能醒酒，又可饱腹。

教育酒店主厨　邹少英

南平市首战大捷的十道菜品

（视频解说词）

梦笔生花宴团队

南朝才子江淹任浦城县令3年，浦城山水让他下笔如有神助，写出人生最为出彩的诗赋，为浦城留下"梦笔生花"的美谈。

而浦城的厨师们则赋予浦城食材以新的生命，做出令人垂涎的美味佳肴，"食亦生花"，不是吗？

欢迎您走进浦城，与"梦笔生花宴"来一次约会，这必将是一次美好的行走体验！

这道"太平盛世"，是浦城传统酒席的头道菜，表示开宴，意寓平安、吉祥。有诗云：

形似燕窝蝉翼薄，鲜香嫩滑色晶莹。
原为平常猪脯肉，一误却成魁首羹。

浦城薏米是中国地标产品，是浦城人千百年来与之共同修好的喜爱所得。这道"薏玉升辉"透着山间水的味道、风的味道，既养生又养胃。可谓"软糯金黄老少爱，粒粒薏米尽乡愁"啊。

这道"蛋皮燕圆",是和"全城众母"练夫人齐名的清嘉庆年间独资捐修城墙的祝徐氏的家厨所创,也叫蛋包肉。

　　瘦肉青葱剁荸荠,生粉加水蛋液鲜。
　　码放下笼蒸一刻,荤素兼容众宾欢。

这道"武当出岫",取水北街镇观前村武当山面赤底蓝、朱红闪辉的特产红菇——武当山特有的小气候所孕育,名遐八闽,为佐餐上品——与当地糯米、大薯搭配,是舌尖意外的体验。

这道被列入南平市非物质文化遗产名录的"老豆腐丸",从北宋年间流传至今,已有七百多年的历史:

　　捣裹滚熬精作汤,沉浮相次味穿墙。
　　玲珑丸子惊稀见,更伴芎葱馥九坛。

这道"贵妃醉鹅",取材石陂大白鹅、浦城大米酒娘,搭配时令板栗,营养美味,益气补虚,润肺止咳,健脑益智。正可谓:

　　酒娘哺白鹅,香飘涎欲滴。
　　饱者仍举箸,饮者心亦醉。

你看,在田间、地头、溪间的"狡猾"的生灵,经厨师的巧手幻化成人们生活的日常,融入野生烘焙的桂叶,便成就了这道口感浓厚的美馔"黄鳅滑芋":

　　黄鳅滑芋头,配饭就是好。
　　赶贼去下岭,爷囝不肯教。

这道"风火三绝"则需你慢嚼细品，正可谓：

> 三友和同妙更殊，风烟火色见功夫。
> 客来岂可食无肉，解雅烹肥味有余。

这道"九牧蛋糟"是浦城广为流传的民间传统菜，也叫热冻。

> 金蛋羹、鲜油渣，
> 花菇干、红辣酱，
> 葱花点点，荤素搭配，
> 香辣热渗，入口即化。

这道"蟠桃献寿"的主料是浦城粳米。浦城是闽北粮仓，"浦城收一收，有米下福州"，名副其实。管厝牛鼻山在 2018 年出土了距今约 5000 年的 2 粒碳化米，正是浦城有史以来种植的粳米稻种的源头之一。"蟠桃献寿"既祝贺了长寿，又彰显了孝心，千百年来成为浦城民间生日、寿宴的传统点心。

对浦城美食的深情投入，使"梦笔生花宴"在饮食意义、地理意义之外，更有了文化意义。

诗之乡、画之廊，梦笔生花的地方，一年四季都有时令美味如约而至。每天，每餐，每时，都是——恰当时。

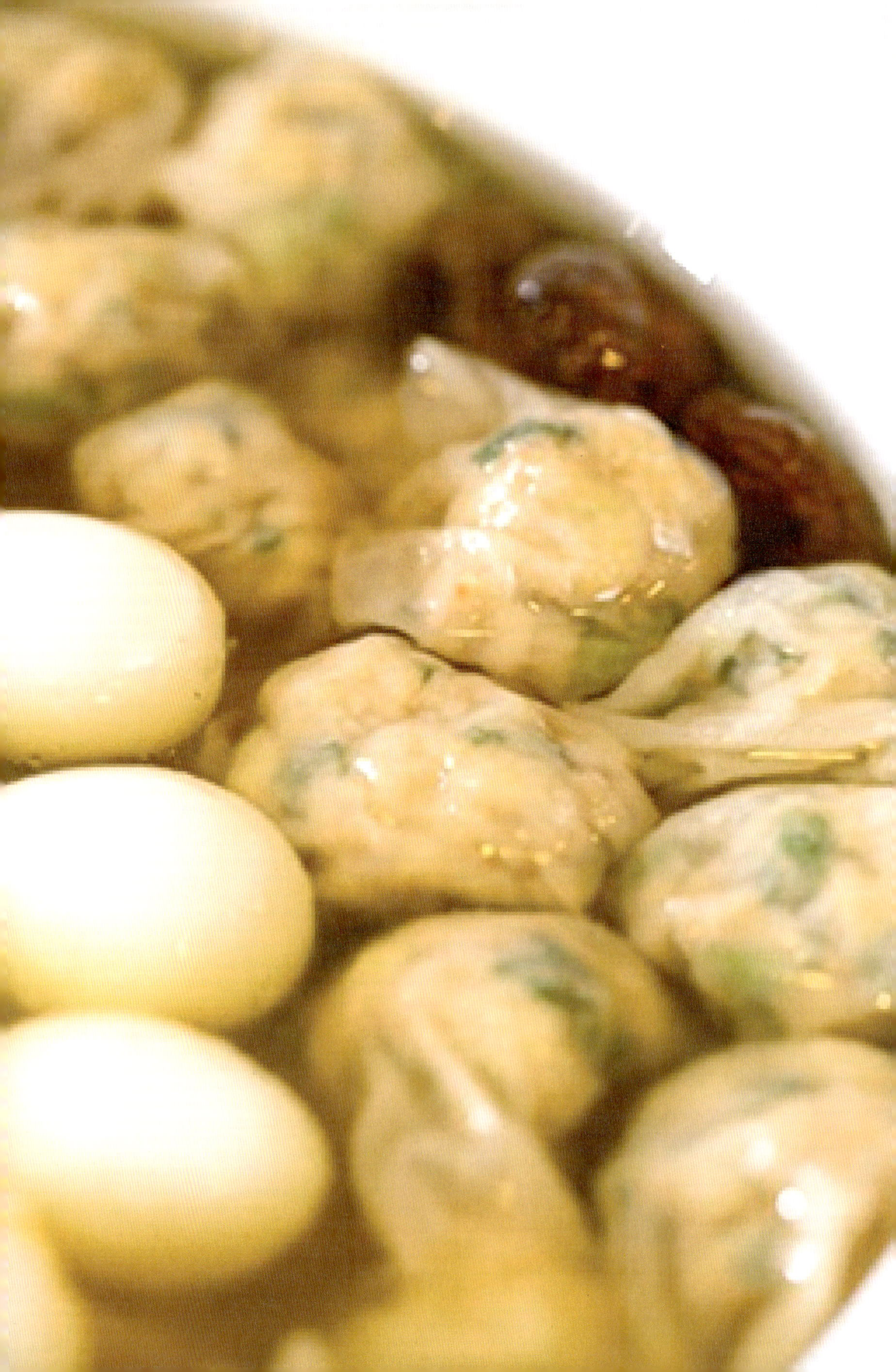

太平盛世

主料： 肉燕

配料： 荸荠、精肉

> 形似燕窝蝉翼薄，鲜香嫩滑色晶莹。
> 原为平常猪脯肉，一误却成魁首羹。
> 常言百物尽其用，况乃千捶聚力精。
> 巧手更添魔粉助，寄得乡愁出浦城。

色泽晶莹、柔嫩脆滑，这是浦城宴席的头道菜，意寓平安、吉祥。

"浦城八相"之一的真德秀，当年从福州赴京上任，途经家乡浦城，宴请亲友。厨师林阿荣（福州人）吩咐助手徐小春捣鱼为丸，徐小春误听为捣肉丸，即剔精猪肉捣为肉酱，和山粉做丸。但肉丸太硬，林阿荣只能压成可透过光线的面皮，然后切丝氽熟，哪知加上佐料后食之竟与燕窝相似，肉燕也因此得名。此后，以肉燕为主的菜品太平燕在浦城代代相传，至今已有700多年的历史。

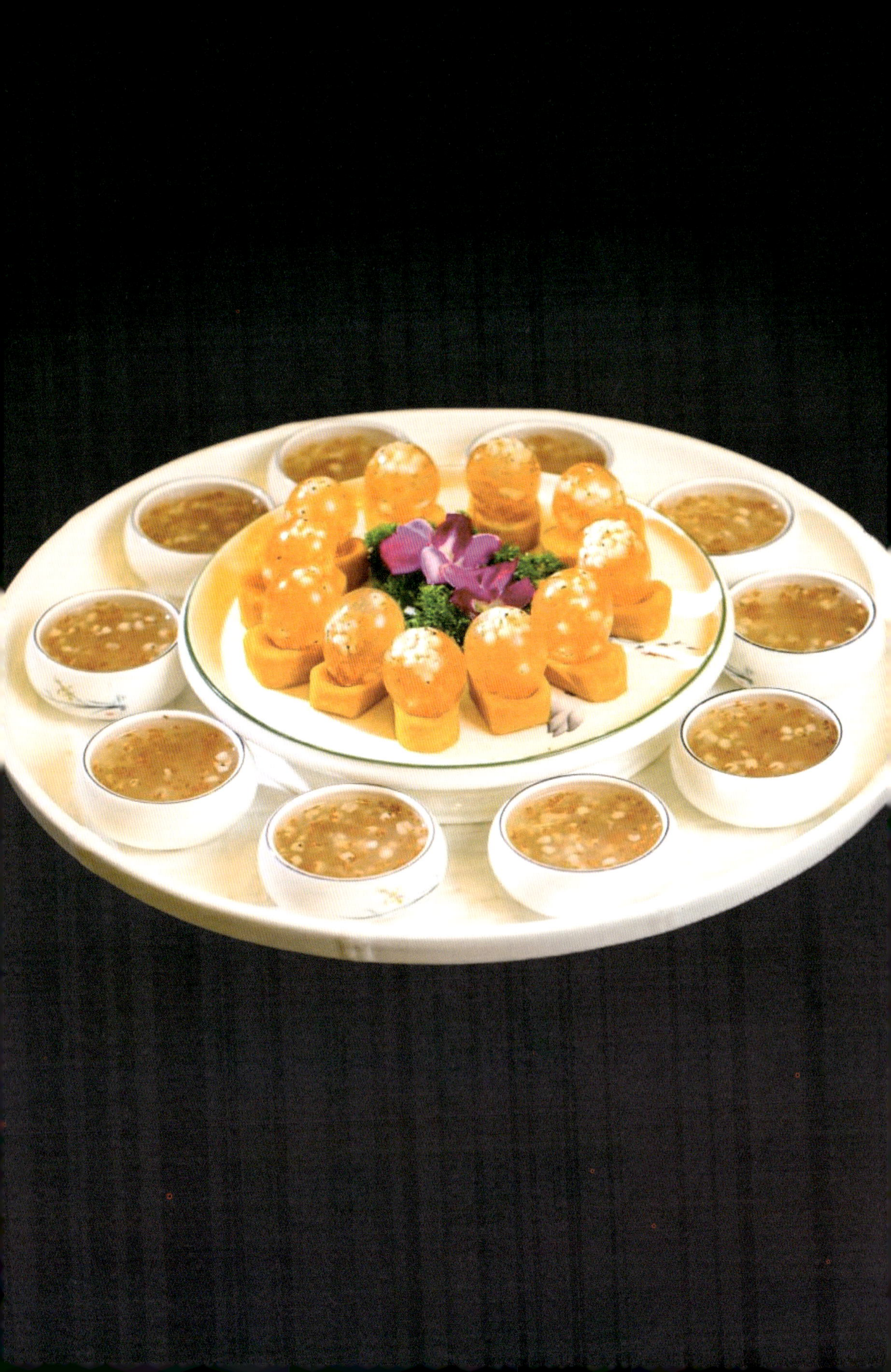

薏玉升辉

主料： 薏苡仁、葛根粉

配料： 丹桂蜜浸

并非剖蚌赛珠圆，粒粒攒成琥珀丸。
软糯光鲜香满屋，未邀下箸已垂涎。

糯润甘甜，黏香细滑，此品有"甘、糯、稠"的特点，是"药食同源"的上好佳品。

相传上古时期，闽浙赣三省交界处水灾严重，百姓苦不堪言，大禹南下带领百姓筑坝排涝，兴修水利。因长年治水，大禹和许多百姓患上了水肿。这件事惊动了玉帝。玉帝心生怜悯，于是扮作老翁下凡，看到一众参与治水的好汉行走不便，当即送给大禹一袋小珠子，要他熬成粥给大伙吃。大禹留下几粒做种子，其余熬粥给大家吃。患水肿的人食后，几天内果然症状全消。次年立夏时节，大禹吩咐把留下的种子播到土里。待到秋天，满山遍野的珍珠颗粒在秋风中沙沙作响。这些小珠子，就是薏苡仁（薏米）。此后，这一带的人们再也不怕患水肿了。

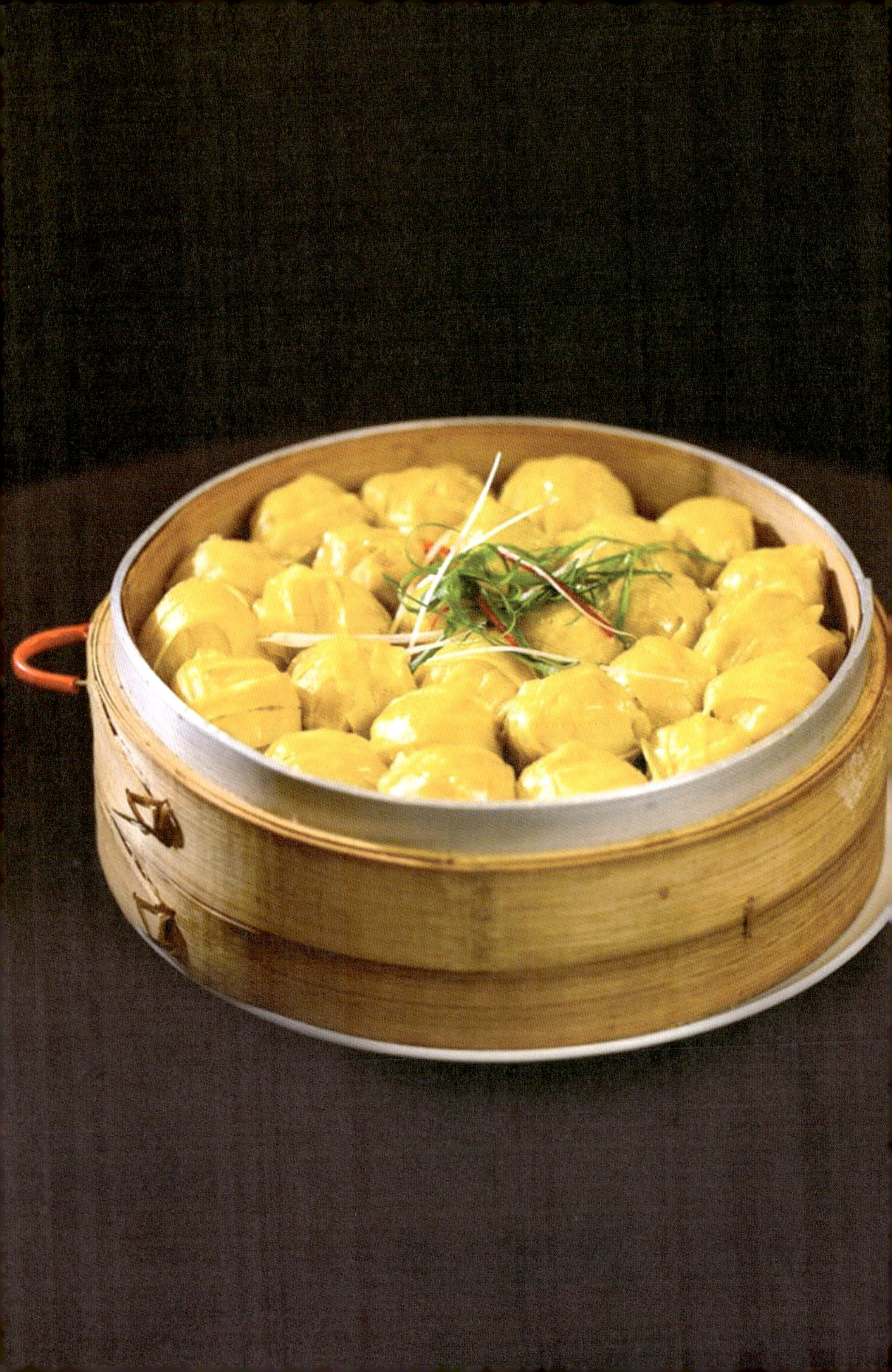

蛋皮燕圆

主料：柴鸡蛋、猪肉

配料：地瓜粉

瘦肉青葱剁小薯，生粉加水蛋液鲜。
沿锅勺甩摊薄饼，切丝包馅手中旋。
码放下笼蒸一刻，充饥佐膳美味添。
宴席首菜无人撼，荤素兼容众宾欢。

荤素兼容，鲜香绵润，回味悠长，可增强肌体代谢功能，提高免疫力，这是浦城餐桌不可或缺的特色菜肴。

清嘉庆年间，祝徐氏拿出身家独自捐修浦城城墙，并身体力行参加修建工程，因此心力交瘁。家厨看着主人一天天清瘦下去，心疼极了，于是用心将鸡蛋打出泡，加入地瓜粉调匀，舀入锅中摊薄加热至熟，制成蛋皮；再将精猪肉剁碎，调进剁碎的荸荠和调料，包进切好的蛋皮入笼屉蒸熟，创制了这道"用心菜"。祝徐氏独资捐修的浦城城墙自清朝嘉庆以来，多次救了浦城全城人的性命，因而她与"全城众母"练夫人齐名。随着祝徐氏善举的流传，这道蛋皮燕圆也在浦城民间广为传播。

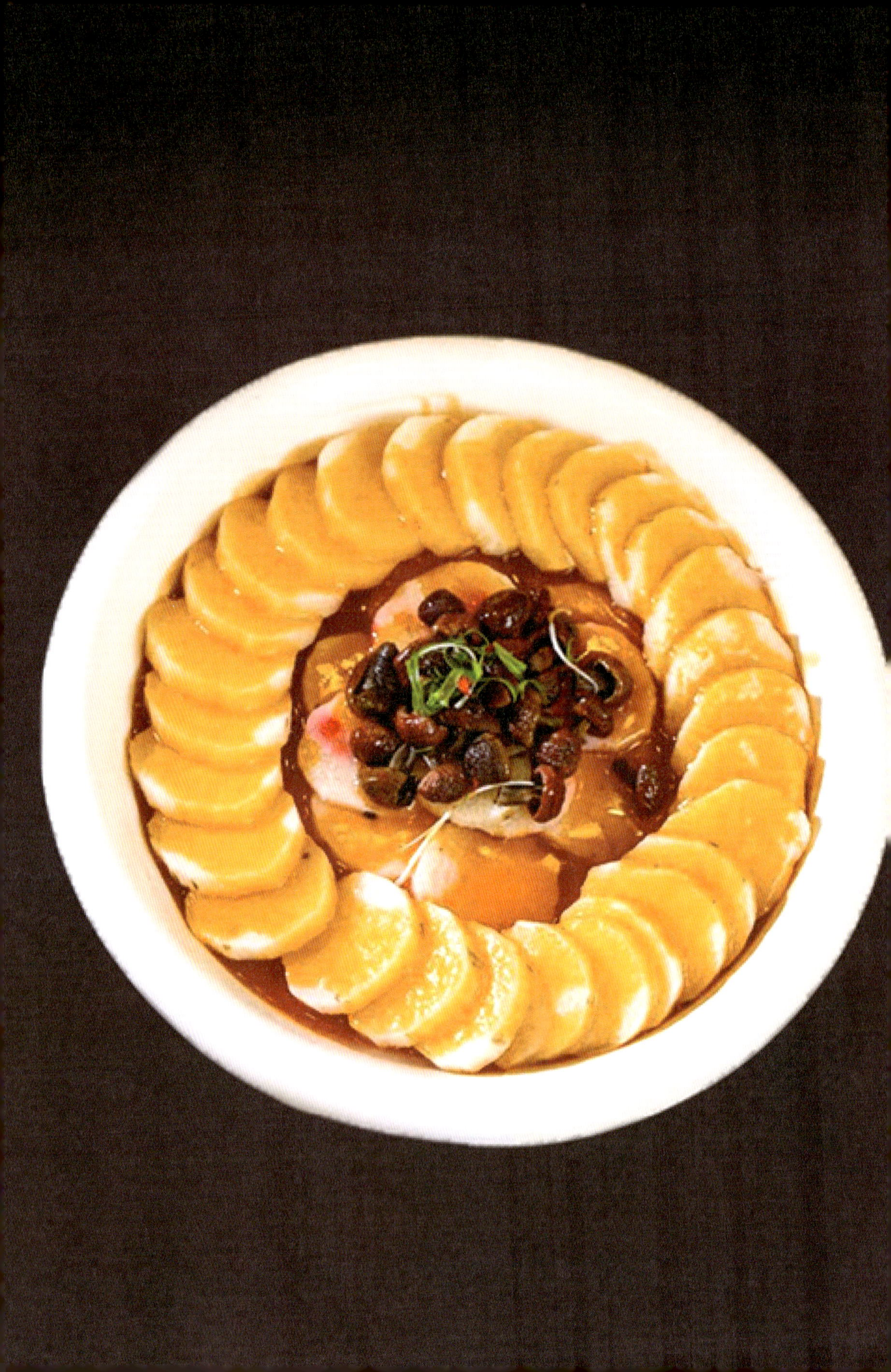

红菇烩薯

主料：观前红菇

配料：糯米、大薯

鲜红菇加土大薯，安神除烦有一手。

红菇配薯实有益，夫唱妇随把家安。

鲜香粉糯，醇厚鲜甜，米香、薯甜、菇鲜在这道菜品里得到最美的激发和融合，真是大自然的馈赠。

观前红菇名扬天下，和明朝大旅行家徐霞客有关。明崇祯元年（1628）仲春，徐霞客八闽游的第一站就在观前的金斗山，"舟子省家早泊，遂过浮桥，循溪左登金斗山"。金斗山自古是闽北著名风景区之一，雄踞南浦溪畔，海拔418米，山上峰岩怪奇、草木幽清，山顶有金斗观，因奉祀玄武帝君，故别称小武当山。徐霞客一路走来，到金斗山正是午饭时间，道观观主听闻来者是声名远播的徐霞客，大喜，当即吩咐煮上金斗山红菇加大薯给徐霞客充饥。徐霞客吃后大加赞赏，连声叫道"美味、美味"，欣然写下《游金斗山小记》。金斗山以盛产红菇著名，山间特有的小气候使所产红菇名遐八闽，其色、其味、其状，均为其他红菇无法媲美。

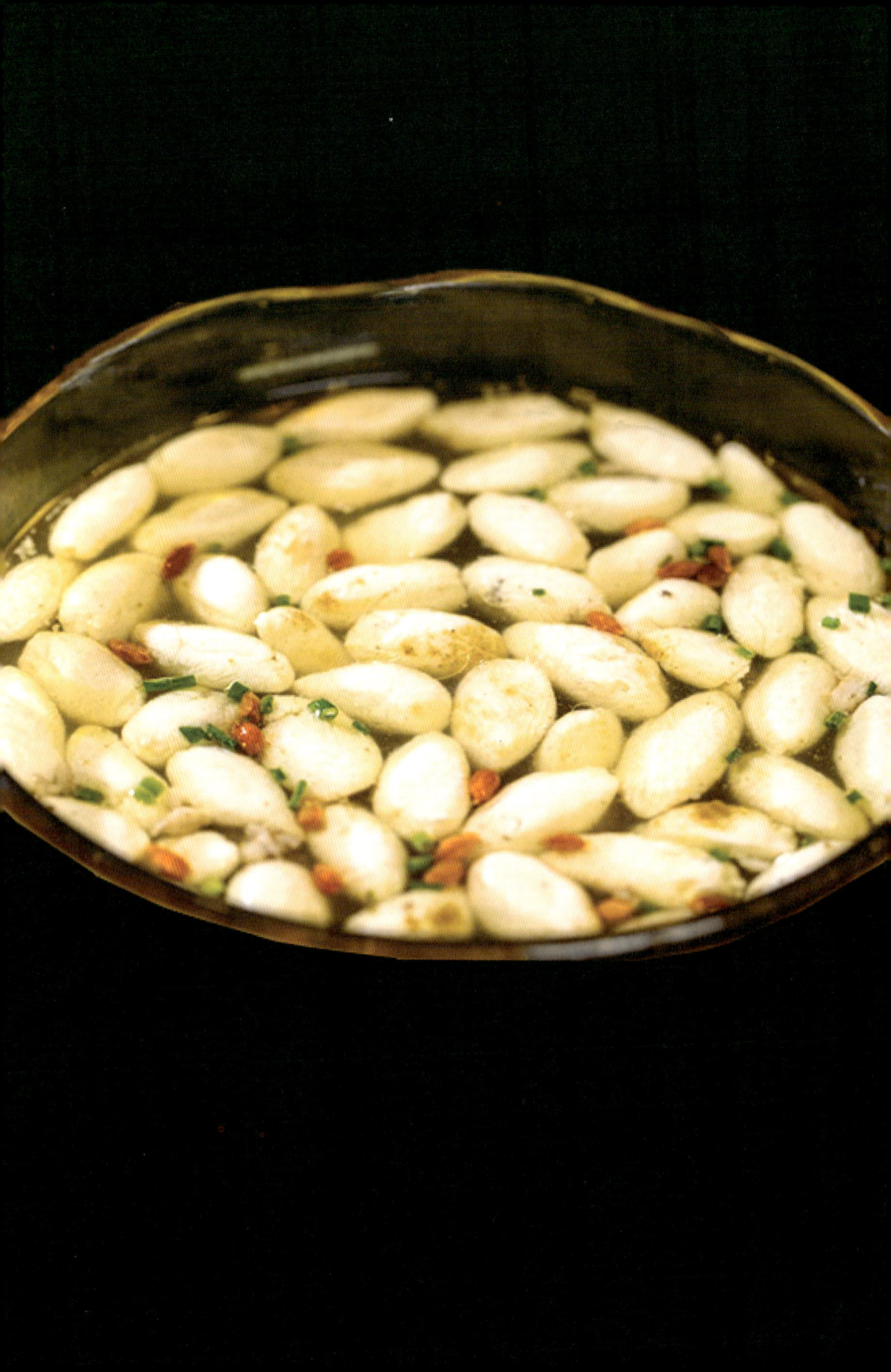

老豆腐丸

主料： 豆腐

配料： 精肉、猪蹄、猪筒骨、墨鱼干

捣裹滚熬精作汤，沉浮相次味穿墙。
玲珑丸子惊稀见，更伴芎葱馥九坛。

质地嫩滑、味美鲜香，这是浦城独有的传统风味小吃。2012年，"浦城豆腐丸制作技艺"被列入南平市非遗名录。

"浦城八相"中有徐荣叟、徐清叟两兄弟。话说徐荣叟当上宰相以后，一帮浦城宾朋要上门庆贺，所以一大早他就叫家厨备菜。家厨上菜市场买的菜中有豆腐，回到家后才发现因为赶车走得太急豆腐已经被颠烂了。不愧是有两下子的家厨，他干脆将打烂的豆腐捣成糊状，拌上瘦肉粒，然后和地瓜粉一起滚成丸子，投入锅中煮，再加上调料，连汤舀入碗中上桌了。结果，浦城同乡们一吃，个个赞不绝口。从此，豆腐丸在浦城民间流传开来。

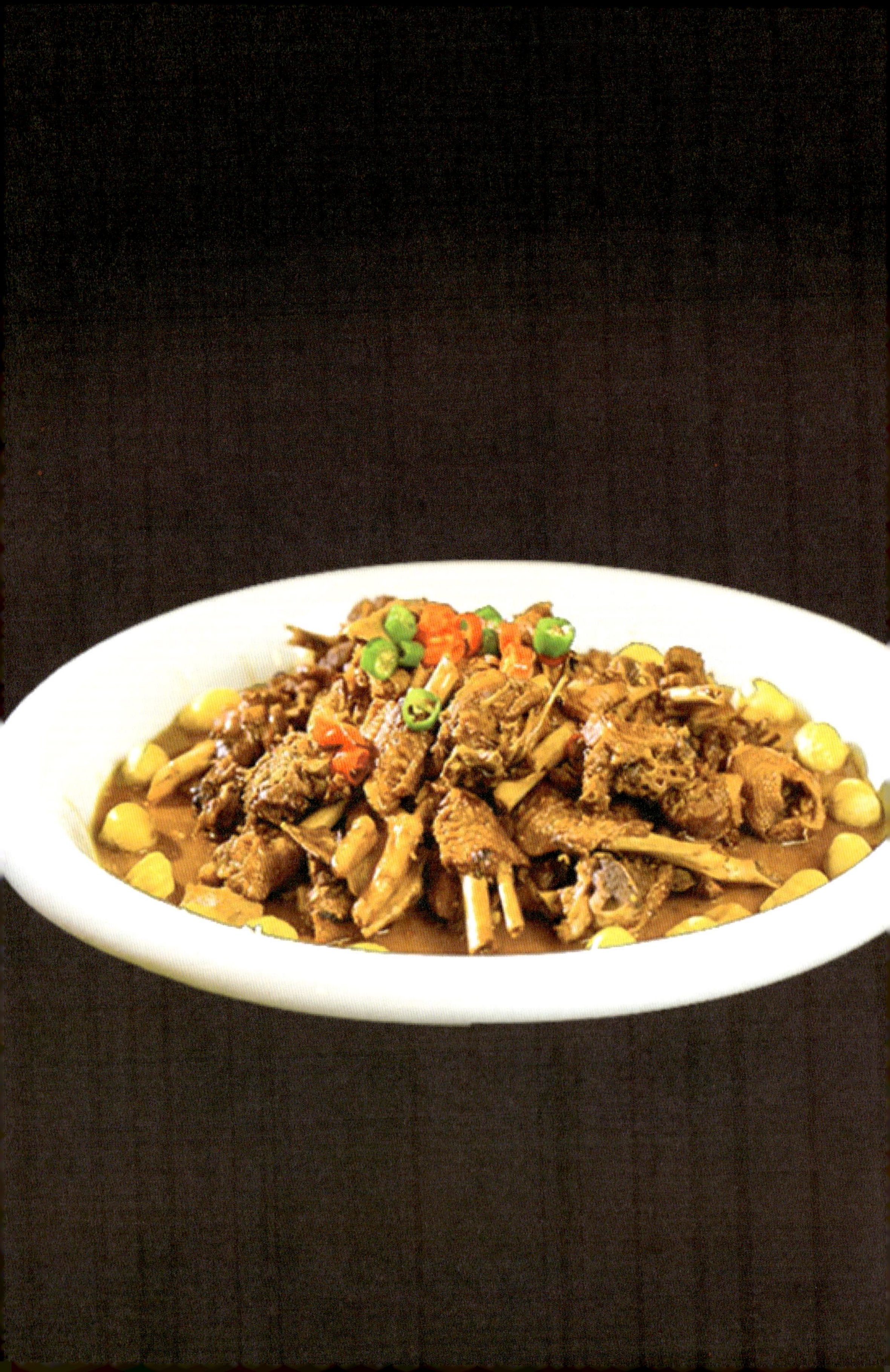

贵妃醉鹅

主料： 石陂白鹅

配料： 浦城糯米酒娘、板栗

会稽逸少枉才名，未识舒雁伴酒烹。
但使真人呈此味，更须辛苦写黄庭。

此菜品营养健胃、益气补虚、润肺止咳。

据传，南宋绍熙二年（1191），大儒吕祖谦从浙江东阳入闽来会朱熹，是为调和朱熹与陆九渊、陆九龄兄弟俩在理学上的分歧。这年三月，朱熹送吕祖谦往信州鹅湖寺（又称鹅湖书院），途经浦城。有位秀才仰慕朱熹品学，欣闻朱熹路过，诚邀朱熹与吕祖谦到家中小歇。问教间已近正午，秀才家境清贫，无贵物招待，吩咐妻子将家中一只老鹅宰以待客。一时辰后，厨内鹅肉香味飘出来，朱熹循香入后厨，顺口问秀才菜名。回曰："酒娘煮鹅。"朱熹听后曰："此乃贵妃醉鹅也。"朱熹在鹅湖寺与陆九渊、陆九龄兄弟论心与理之说，达十数日，其间多制作"贵妃醉鹅"入席。此后，这道菜因朱熹得以扬名。

黄鳅滑芋

主料：黄鳅、浦城芋子

配料：豆腐、桂叶

浦城一首民谣唱道：

黄鳅熬芋头，配饭就是好。
赶贼去下岭，爷囡不肯教。
辣得满头汗，还吃三大碗。

此菜品鲜香热渗，有味使之出，无味使之入，益肝肾，养胃健脾。

很久以前一个深秋，浦城西乡有个孩子在田里玩耍时，看到黄鳅在泥土中钻来钻去很好奇，便去抓了十几条。回家后，母亲问他为何全身都是泥巴。孩子回道："我到田里抓黄鳅，黄鳅到处钻，弄我一身泥。"第二天母亲做晚饭时，见昨晚孩子放在盆里的黄鳅，便将黄鳅冲洗干净后倒砂锅里加上一些调料煮，没多久便香味扑鼻。母亲觉得这点黄鳅不够大家吃，见家里尚有芋子，就把芋子蒸熟去皮后切开放入锅中与黄鳅一起煮，想不到竟更加鲜滑。吃饭时，孩子父亲把汤舀在饭碗里，这饭不需怎么嚼就滑下肚里，一碗饭很快就吃完。孩子看到父亲吃得非常香便问："爹，怎么不吃黄鳅和芋头，只喝汤呢？"父亲没有回答，继续装饭拌汤吃，一连吃了好几碗。由于晚饭吃太饱，父亲上床睡觉时翻来覆去难以入眠。孩子母亲问何故，他说："晚上吃太饱啦，那黄鳅熬芋头的汤太好吃了，孩子问我都舍不得告诉他。"此后，就有"黄鳅熬芋头，爹囝不肯教，晚上吃太饱，这头爬那头"的故事流传开来。

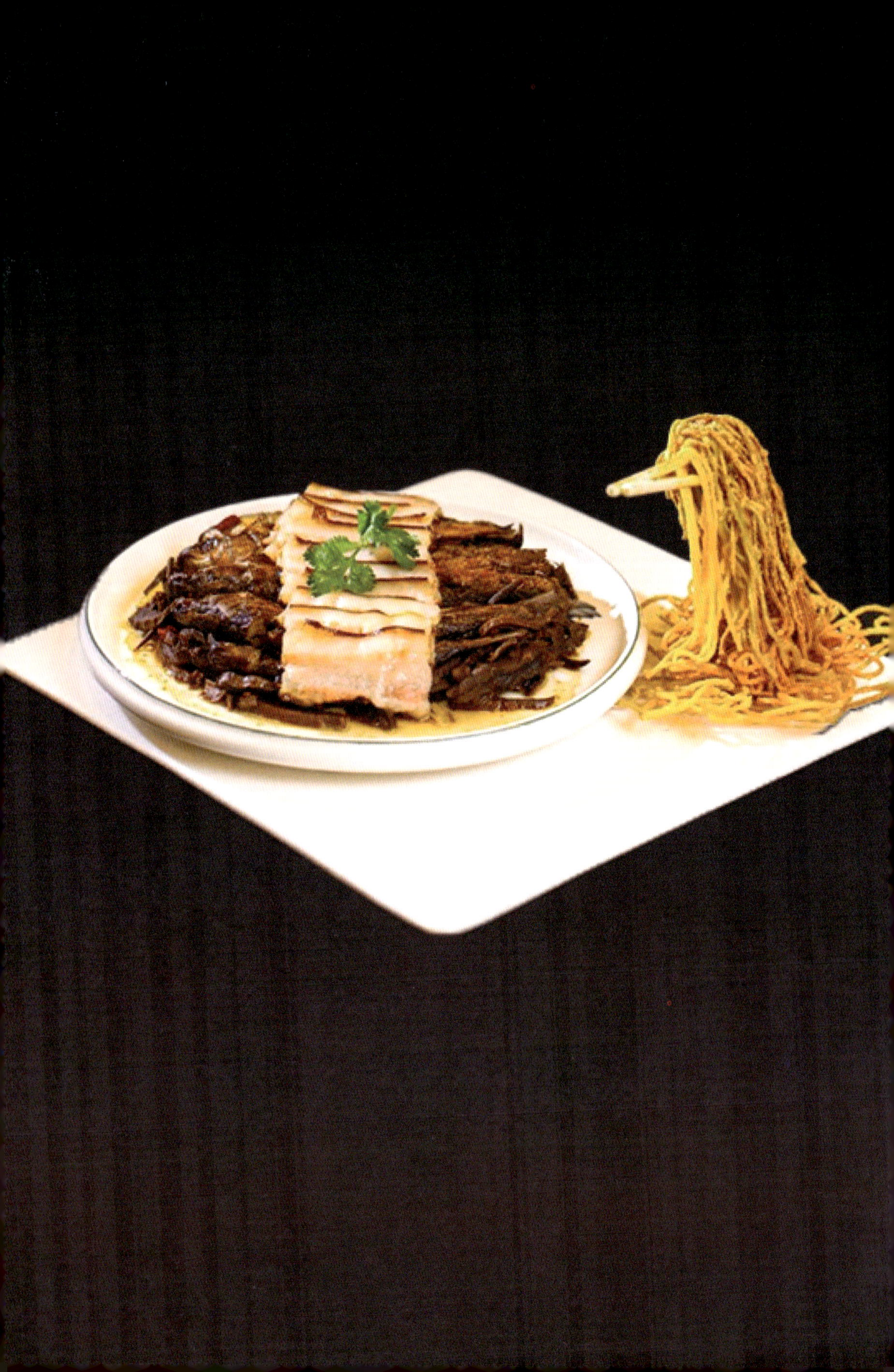

风火三绝

主料：黑笋干、风吹肉、枫溪熏鱼干
配料：香菜等

三友和同妙更殊，风烟火色见功夫。
客来岂可食无肉，解雅烹肥味有余。

这是岁月沉淀的味道，是家里慢日子的味道。

苏轼和章惇是同年进士，他俩有过命的交情。苏轼不仅是大文豪，还是一位美食家，对此章惇了然于胸。苏轼《于潜僧绿筠轩》写道："宁可食无肉，不可居无竹……若对此君仍大嚼，世间那有扬州鹤？"章惇看到后，为了让好友能及时吃上这一口，让家乡的亲友想办法做出一年四季都能吃的笋。浦城出笋最多的山下乡的笋农，他们其实早就有了保证一年四季都能吃到笋的好办法，那就是制作黑笋干。当章惇把黑笋干送到苏轼手中，苏轼大喜过望，吃后更是大赞其美味。

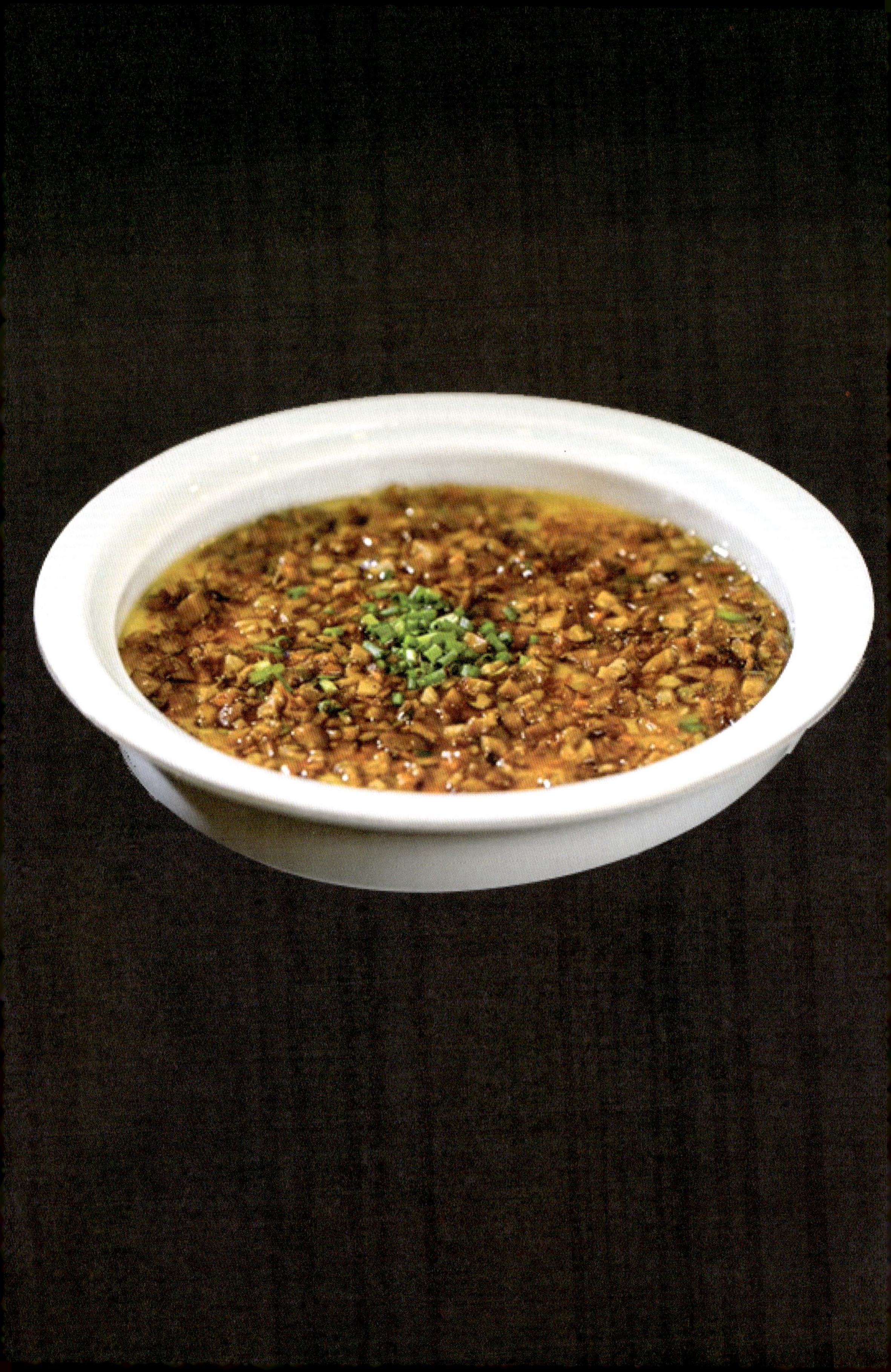

九牧蛋糟

主料： 鹅蛋

配料： 香菇干、鲜油渣、鲜辣椒酱

金蛋羹、鲜油渣，

香菇干、红辣酱，

葱花点点，荤素搭配，

香辣热渗，入口即化。

此菜品是民间传统待客菜。

相传，仙霞古道深处村庄里的林家有九子，个个聪明好学，为了让他们考上功名，母亲总在清晨把鸡蛋打碎，用豆腐乳汤掺水搅匀，放锅中蒸熟，给孩子们均分配饭。后来，林家九子如愿考上功名，分别在九个州为官，"浦城九牧"由此得名。而这一碗"九牧蛋糟"，从此风行浦城，成为一道既饱含母爱又彰显孝心的佳肴。

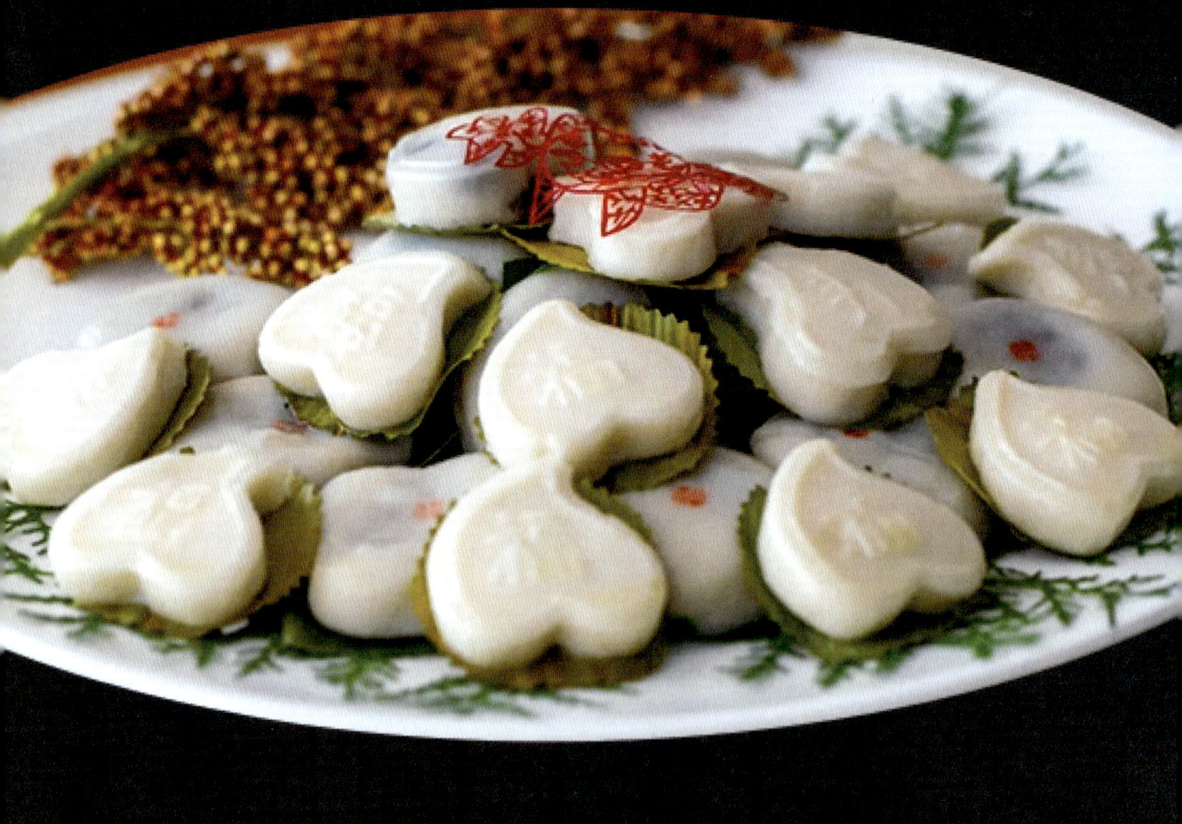

蟠桃献寿

主料： 浦城粳米、糯米
配料： 干菜、猪肉、笋

粳糯调浆赖好粮，咸甜两可馅包藏。
轻压型塑莹桃献，练母心欢孝道扬。

浦城是闽北粮仓，"浦城收一收，有米下福州"名副其实。管厝牛鼻山2018年出土了距今5000年的2粒碳化米，正是浦城有史以来种植的粳米稻种之源。

浦城民间相传，"全城众母"练夫人八十大寿时身在建州，浦城亲友、子孙要前去祝寿，早早就准备开了。他们知道练夫人喜食浦城米食，便将浦城粳米、糯米按比例磨粉，揉透蒸熟后，分别包入咸、甜的馅料，放入桃型模具，轻压均匀，脱离模具置于竹白叶上，再入灶蒸透，成就色泽油亮、韧性十足的"蟠桃献寿"。这表达了对练夫人的长寿之祝福，尽了众晚辈的孝心。

此后，"蟠桃献寿"成为浦城民间过生日、做寿宴的传统点心。

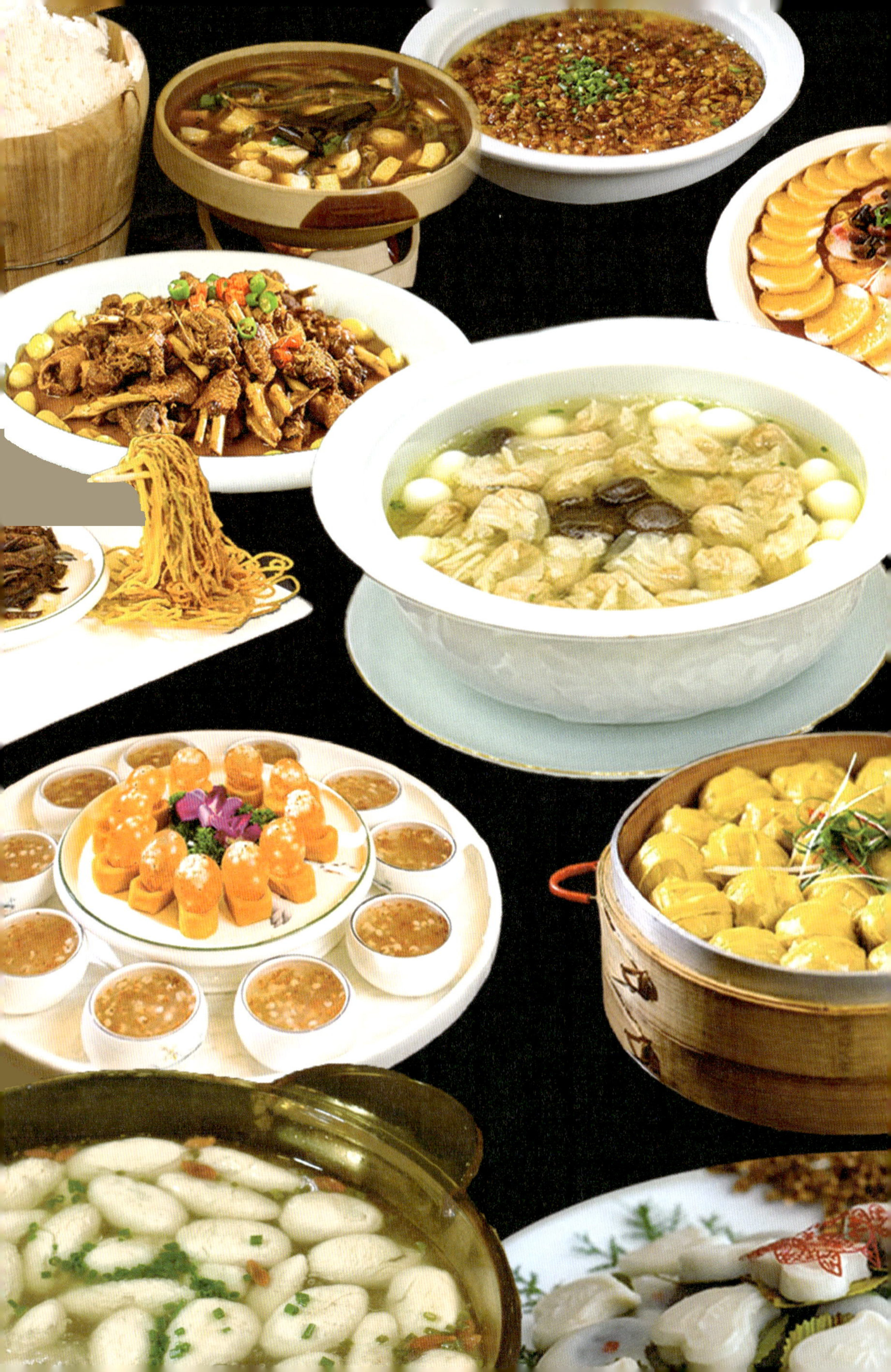

浦城理学十三子宴与其他

浦城理学十三子宴

梦笔生花宴团队

原汁原味原生态，好山好水好大米。

浦城种植稻米历史悠久，是福建最大产粮县，种粮面积、粮食产量均居全省第一，久负"福建粮仓"盛名。

在浦城牛鼻山探沟出土的谷粒标本，经鉴定距今4800—5300年，是南方地区发现最早的水稻标本之一。而"理学十三子"，正是由浦城大米养育出的千万优秀浦城儿女中的优秀代表，故而，"理学十三子宴"也被浦城人称为"浦城大米宴"。

浦城有"理学十三子祠"，在福建一所享有盛名的学府南浦书院内，整个书院坐落于浦城城东的仙楼山麓。

在南浦书院内添筑理学十三子祠，是当地人长期商议的结果。浦城系理学名邦，有功于理学昭昭者凡十三人，他们是：章望之、练绘、黄镋、潘殖、萧顗、詹体仁、杨与立、杨道夫、杨骧、杨若海、张彦清、叶文炳、真德秀。为使后辈所向往，以备士儒岁时瞻仰，故在南浦书院讲堂特建十三子祠。十三子中，章望之为宋初理学家，练绘与杨时同游程颐之门，黄镋、萧顗为杨时学生，潘殖为刘勉之、胡宪、刘子翚之友，詹体仁、杨与立、杨骧、杨道夫、张彦清、叶文炳为朱熹弟子，真德秀为朱熹私淑弟子。十三子中，以西山真氏德秀最著。

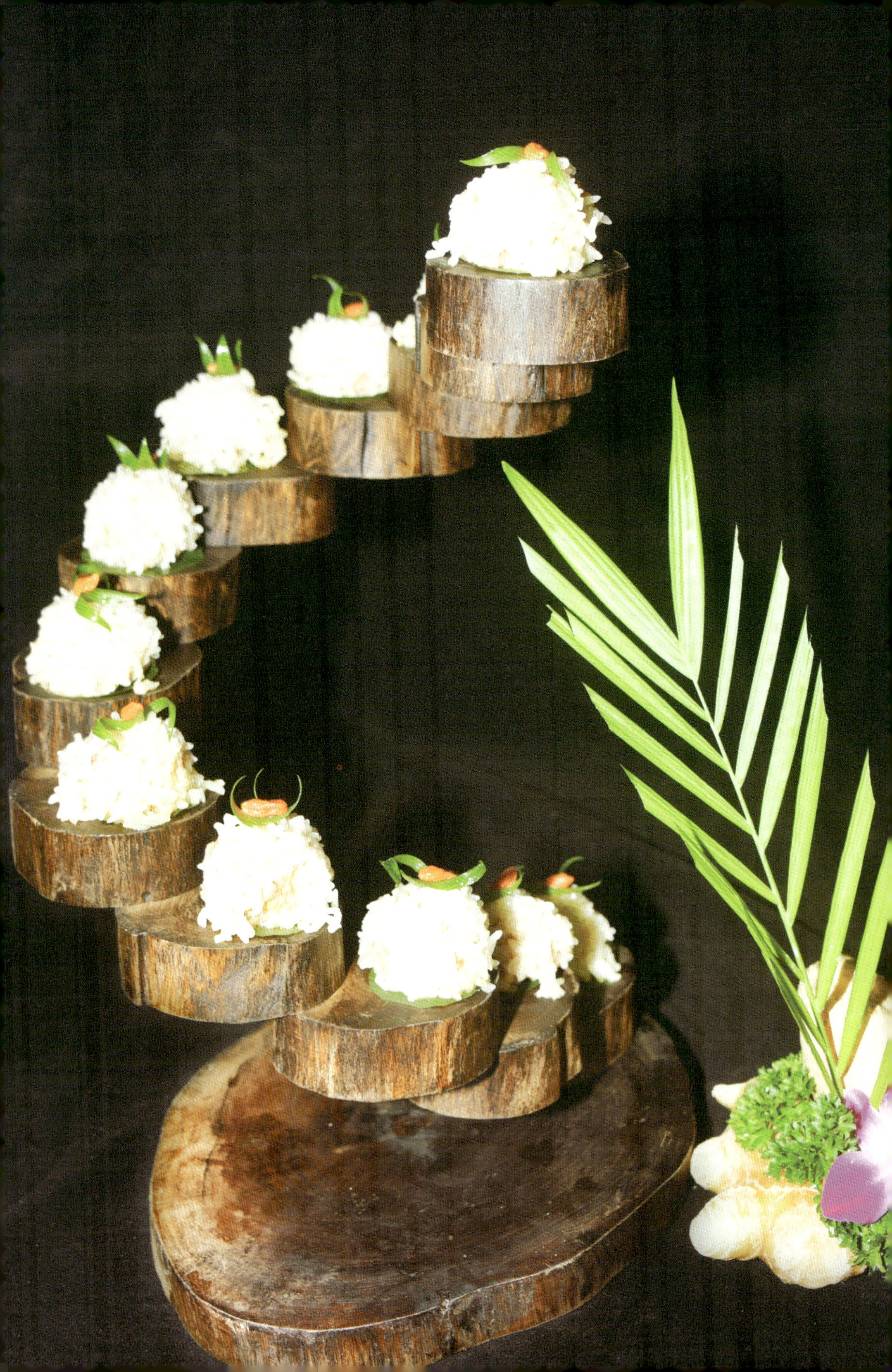

练绘珍珠

主料：浦城优质糯米、鲜猪肉

清水泡来飘淡香，珍珠米里肉糜藏。
晶莹丸子蒸腾后，通透自然饮誉长。

将糯米提前用清水浸泡，使其晶莹似珍珠；然后将猪肉制成肉糜，裹上糯米，圆润洁白的丸子蒸熟后，大米会吸收油脂，口感滋润，鲜香不腻。

练绘，宋大观三年（1109）登进士，官至奉议郎。他不慕荣禄，专心研究学问，唯以名教为乐，待人通透真诚，崇尚自然。著名理学家杨时肯定练绘的为人如同珍珠质地。

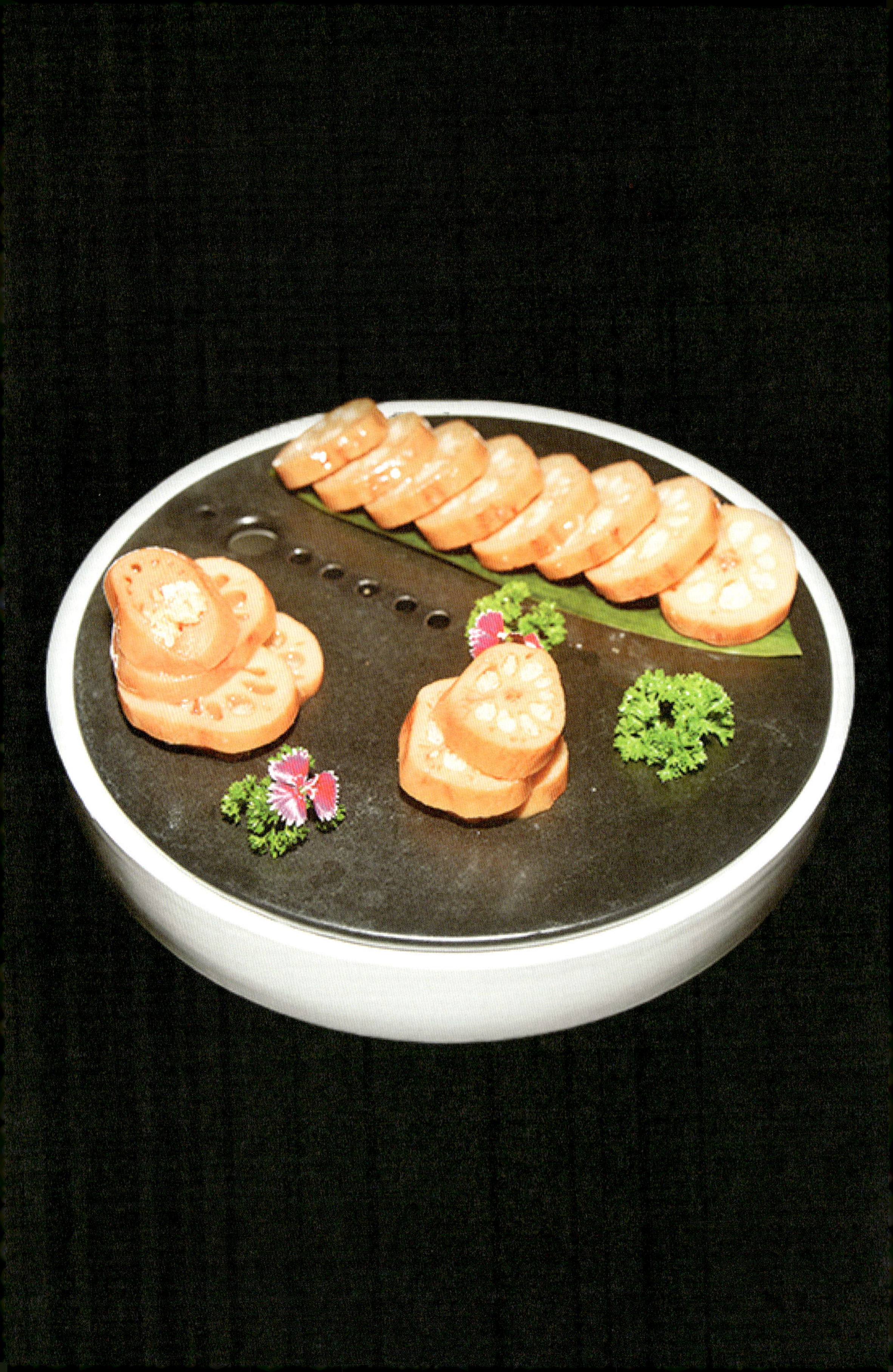

望之亮节

主料：糯米、莲藕

配料：桂花蜜

> 望之有亮节，佳藕祝天成。
> 孔填新糯米，芳馨热浪蒸。
> 耐得寒热苦，终能甜梦萦。

将糯米浸泡 3 小时以上，然后将新鲜莲藕洗净，灌入泡透的糯米，放进蒸笼；蒸熟后趁热淋上桂花蜜。原本清脆的藕变得软糯了，混合糯米的淡香和桂花蜜的甜，十分可口。浦城民间有用桂花藕夹祝福新婚夫妇佳偶天成的习俗。

因莲藕出淤泥而不染，这道菜取名"望之亮节"。章望之是福建早期研究理学的学者之一。其伯父为福建第一宰相章得象。章得象在位时，皇上恩赐章望之为秘书省校书郎，为了避嫌他托病辞职。欧阳修等人推荐他，他也坚决推辞，只专心学问，有清廉风范。

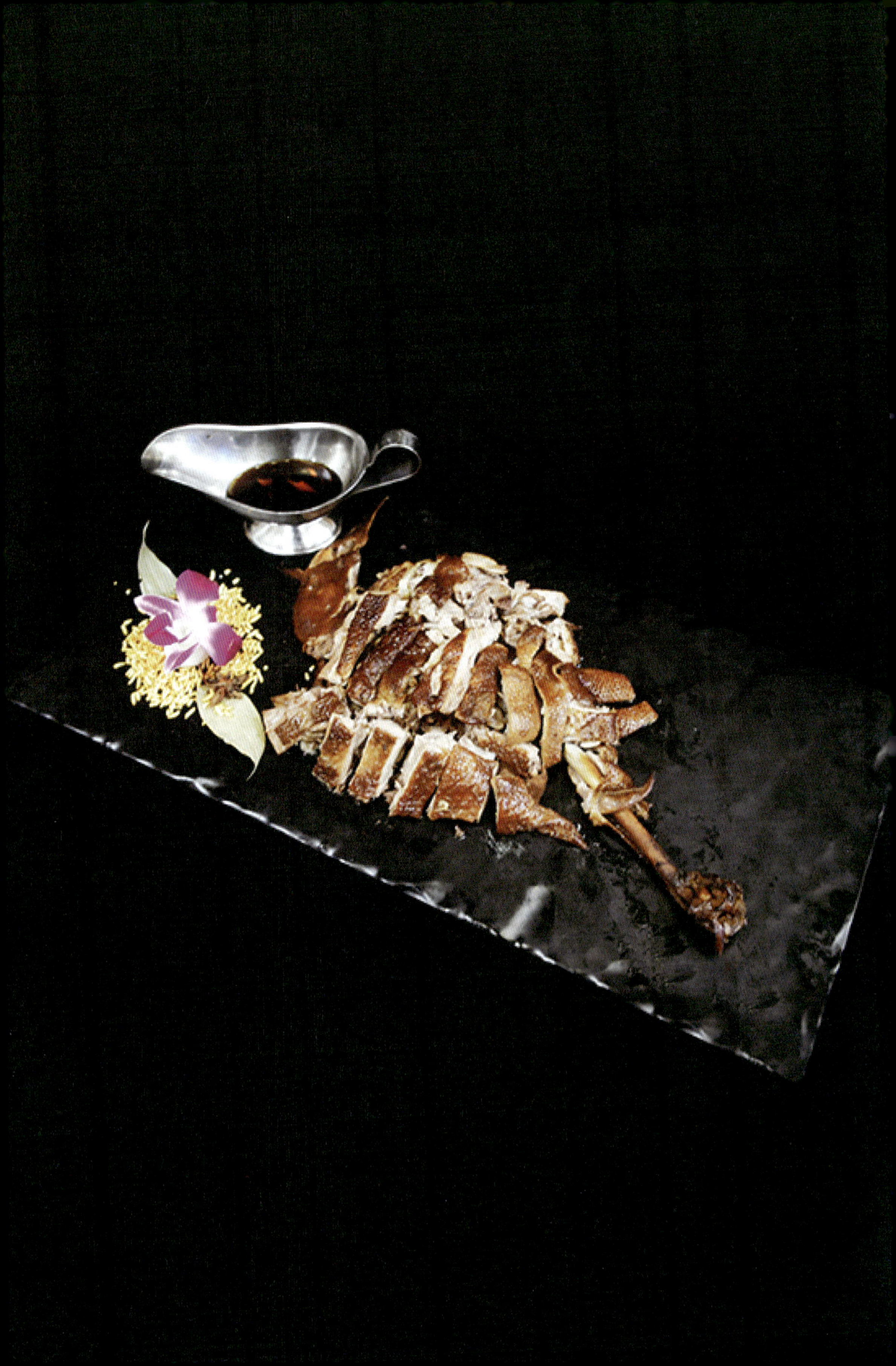

德秀礼鹅

主料：糯米、农家鹅
配料：辣椒、酱油等

散养土鹅糯米熏，桂枝茶叶助氤氲。
煨红炭烤焦香溢，献礼恩师远近闻。

熏鹅中的糯米并非直接食用，而是作为一种熏料。这道菜要选农家散养的土鹅，熏制过程十分关键，煨红的炭火中加入浦城糯米和柏枝等作为熏材，有时还加入茶叶、桂枝等，用产生的烟雾慢熏，让香气渗透到鹅肉中。糯米熏鹅色泽红亮，吃起来外焦里嫩、熏香四溢，还含有丰富的蛋白质、矿物质和维生素，具有补虚益气、暖胃生津等功效。

真德秀一向推崇浦城的糯米熏鹅。有一年，真德秀特地让家人制作糯米熏鹅并带给楼钥，让恩师品尝，以表达对老师的敬意。楼钥品尝后果然赞不绝口。因此，这道菜在浦城也叫"德秀礼鹅"。

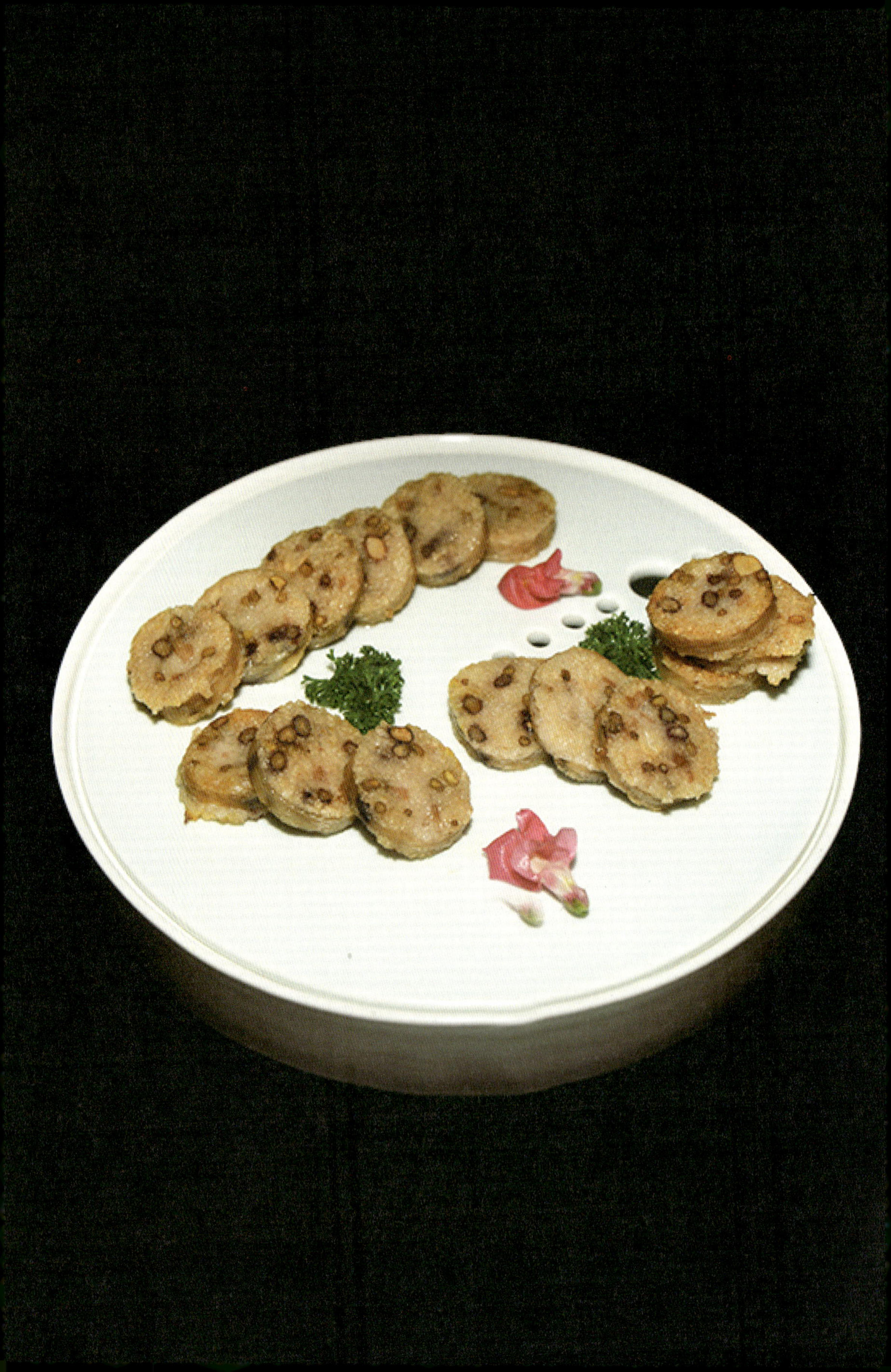

黄镂七味

主料：糯米、猪大肠

配料：盐、胡椒粉、生抽等七味

涤脂去杂留净质，沥水加盐米拌匀。
热煮灌肠切薄片，煎黄两面再添新。
配料精研呈七味，高宗喜纳赞无伦。

将猪大肠清洗干净，去除多余的油脂和杂质；浸泡好的糯米沥干水分，加入适量的盐、胡椒粉、生抽等七味食材与调料拌匀；糯米灌入大肠后，入水煮熟，切成薄片即可食用。也可以将切好的糯米肠煎至金黄色，配以蒜泥、辣椒油等调料食用。

这道菜深受浦城"理学十三子"中黄镂的喜爱。黄镂，宋政和五年（1115）进士，曾为抗金名将李纲幕僚。他受理学熏陶，在监察御史任上向皇帝提了七条建议（定圣心、正朝廷、裕民力、振纲纪、整风俗、严武备、图远效），为高宗皇帝所采纳，并得到嘉奖。糯米大肠因此也被称为"黄镂七味"。

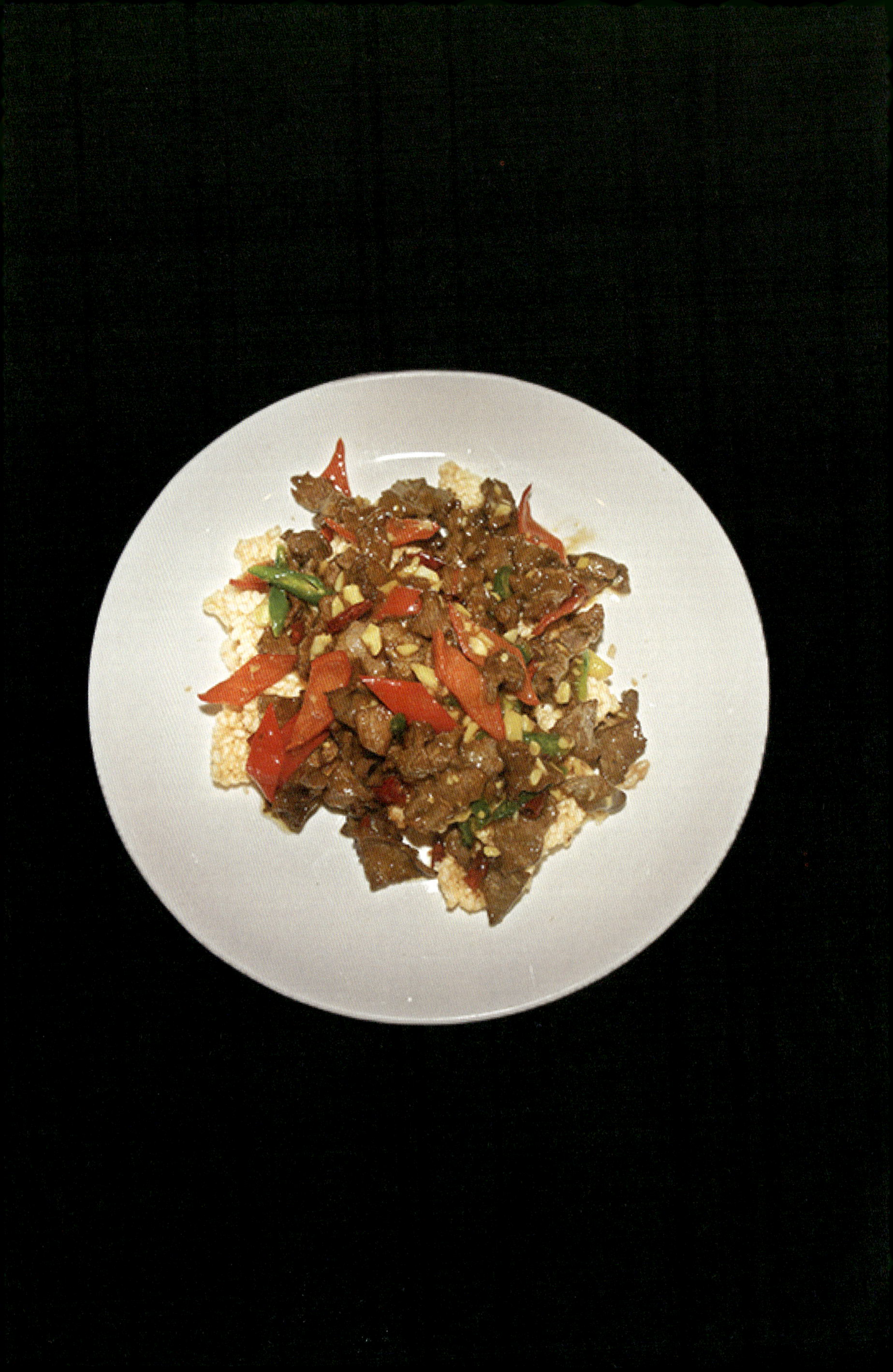

体仁卫道

主料：浦城大米、山羊肉

配料：葱、姜、蒜、辣椒等

大米锅巴脆口爽，烈火熬煎取焦香。

鲜羊炒片拼盘装，体仁味道细品尝。

大米做成金黄色的锅巴，山羊肉炒制后与锅巴装盘即成。羊肉薄而香，鲜嫩味美，入口无渣，搭配香脆的金黄锅巴，极为适口。

詹体仁，宋隆兴元年（1163）进士，列传《宋史》，"体仁颖迈特立，博及群书……深于理学，皆有足称者"。著有《象数总义》《庄子解》等。绍兴学禁、庆元党禁、伪学之禁时，朱熹曰："道之难行乃如此，可叹可叹！"体仁师事朱熹、授业真德秀，在朝秉正直谏，在野执教不辍，为程朱理学播撒火种。体仁卫道其势其人，恰如大米之烈火熬煎，山羊之悬步峭壁，砥砺前行，终得味道。

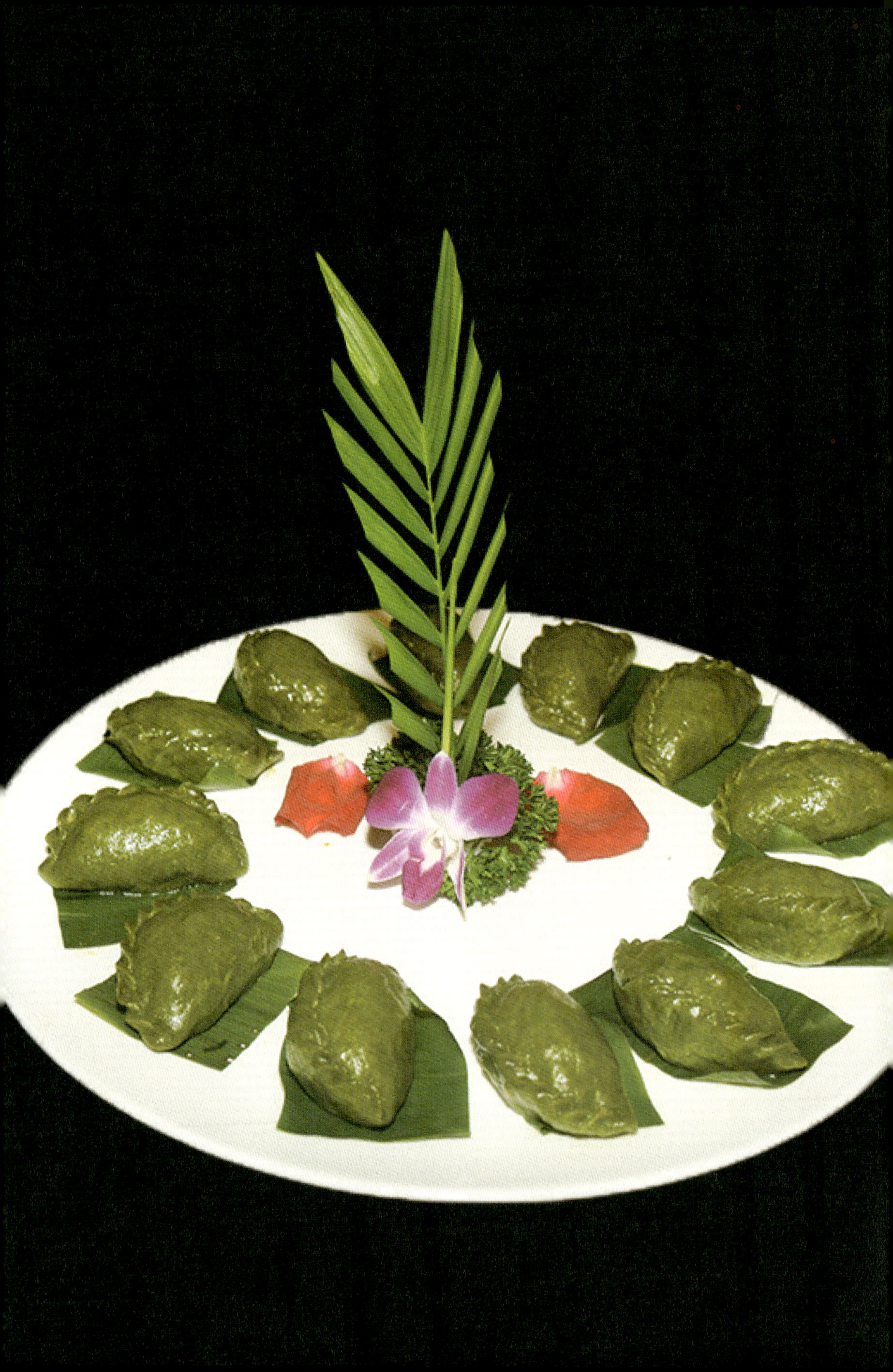

文炳思亲

主料：浦城大米、糯米、猪肉、笋
配料：鼠曲草等

曲草米浆揉面皮，笋菇成馅肉相随。
可甜文饼叶山出，待得清明慰远思。

清明粿以浦城大米、糯米揉入鼠曲草，揉制成面皮包馅料。其口感香韧软糯，暖胃养身。馅料为春笋、香菇和新鲜土猪肉等，亦可选用腊肉、熏肉代替鲜猪肉，风味独特。也可以制成甜点，馅料大多为红豆沙和桂花蜜。这道点心最能体现浦城人的乡愁，蕴含人们对先人和故乡的情怀。清明节前后是吃这道点心的最佳时间。

叶文炳，宋淳熙十一年（1184）进士，来自浦城古楼叶山。他在晋江主簿任上时，向朱熹请教如何为官临民。他谨记朱子教诲，身体力行，平生清廉自律，因此深受百姓爱戴，当地人还把来自浦城的清明粿叫作"文炳思亲"。

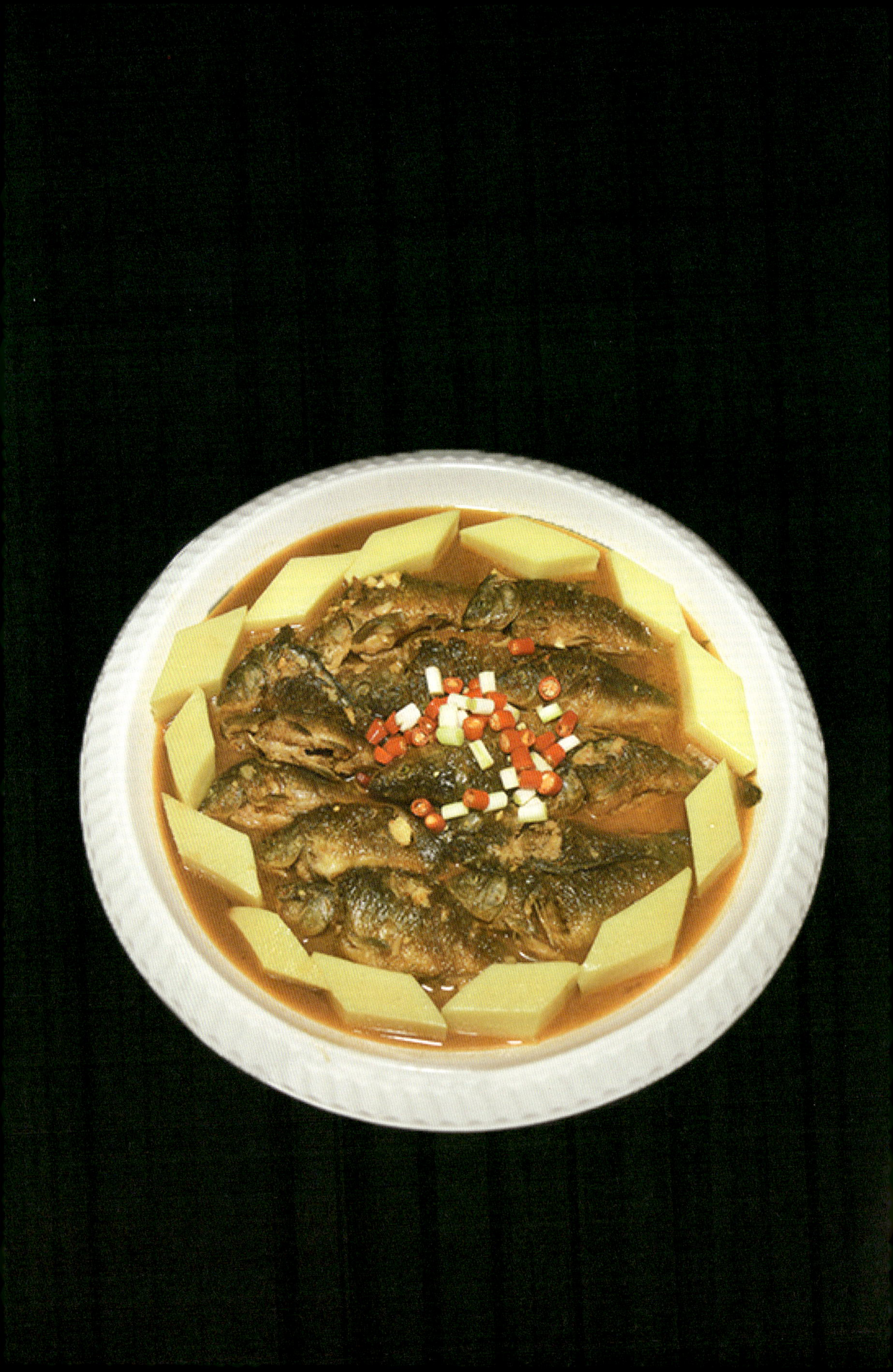

潘殖鱼粿

主料：稻花鱼、浦城大米粿

配料：辣椒等

轻捞稻花泼油煎，色泽流金辣更鲜。

米粿同烹嚼有劲，潘殖独爱忘筌。

稻花鱼肉质鲜美细嫩，刺较少。一般先将稻花鱼煎至两面金黄，再与大米粿一同烹饪。"粿"是浦城黄碱粿，色泽金黄，口感软糯有嚼劲。稻花鱼和米粿的搭配是河鲜的鲜美与粿的清香的融合。

潘殖，宋建炎年间（1127—1130）进士，累举除官，调真州推官，嗜学不倦。他专以克己为学，至忘寝食。著《忘筌书》八卷，画观象、元契二图，并行于世。潘殖独爱稻花鱼烩米粿，因此，这道菜也叫"潘殖鱼粿"。

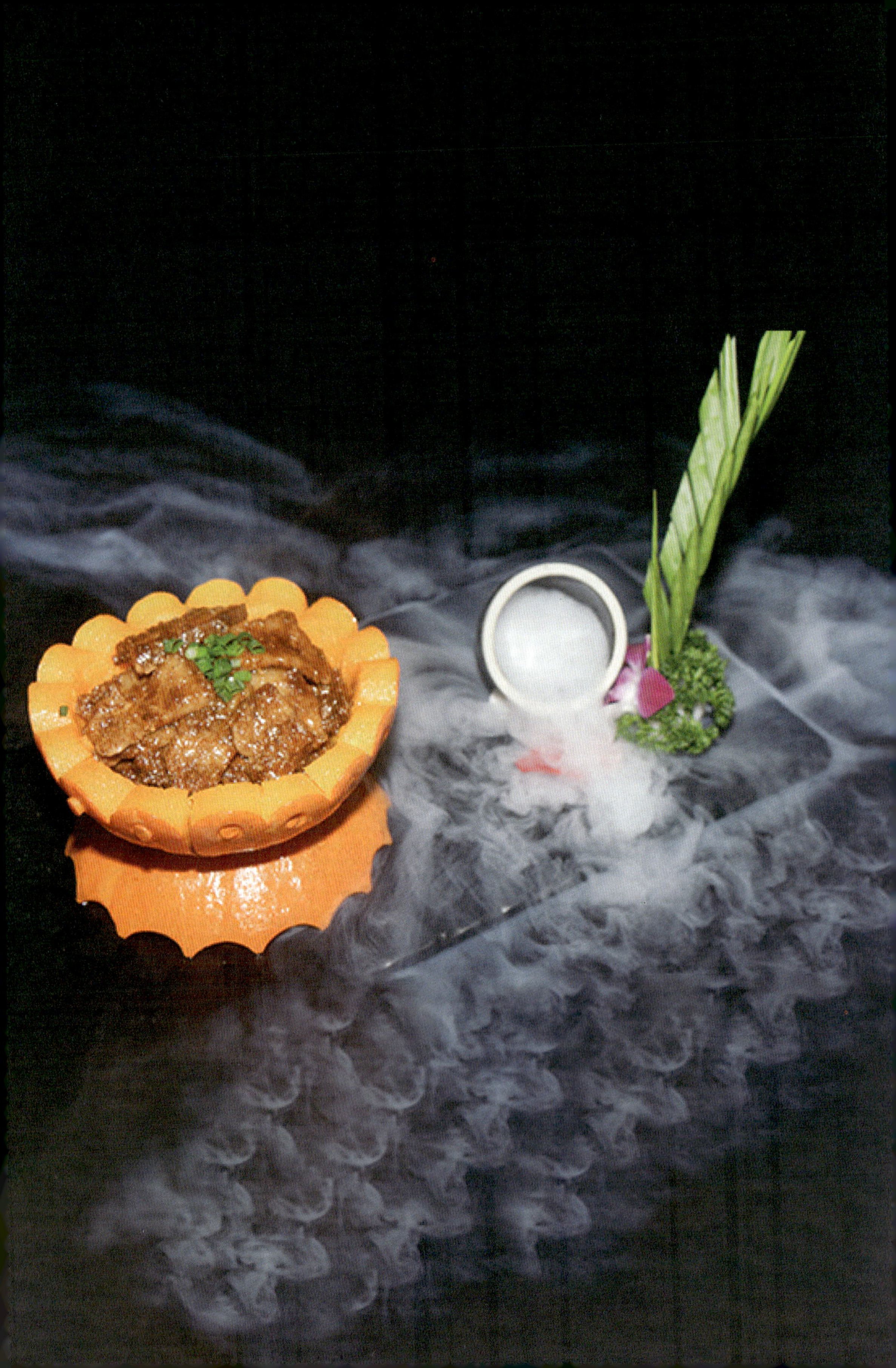

彦清粉肉

主料：金瓜、米粉、五花肉

配料：葱、姜、蒜等

金瓜洗净顶开窍，囊去肉填须五花。

笼屉蒸熟瓜软烂，知能润肺不虚夸。

将金瓜洗净，顶部开一个口，挖去瓜瓤；五花肉切厚片，用米粉裹匀，填进瓜内上笼屉蒸熟。熟后的金瓜灿烂、软糯香甜，瓜香渗入五花肉中，肉瘦而不柴，肥而不腻，给人双重的满足。金瓜味甘性平，能润肺燥，对缓解哮喘、慢性支气管炎有一定的效果。

张彦清，宋绍熙元年（1190）进士，从学朱熹，研究理学，造诣日深。其为官日久而家庭寒素，真德秀称他"以孝、友、忠、信为根本，以廉洁、劲挺为质干"。

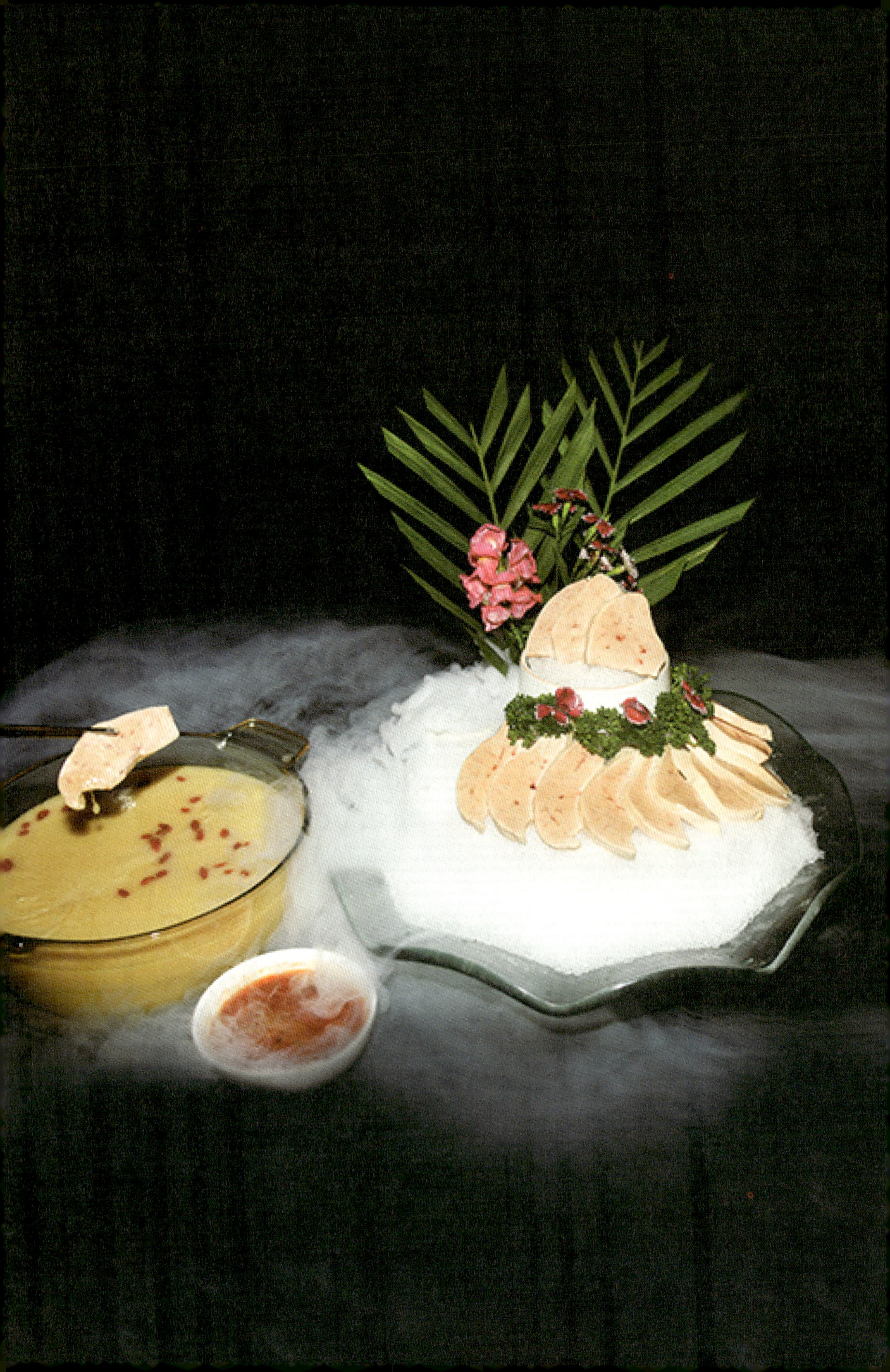

鹅湖之会

主料：浦城大米、鹅肝

配料：秘制酱料

鹅肝誉美类黄金，绝味米汤柘浦寻。
极简烹汇理与心，咸甜可控自沉吟。

鹅肝被誉为美食界的"黄金"。鹅肝质地柔软，富含脂肪，味道奶香浓郁，还带有一丝甜味。用浦城优质大米熬制米汤，切片的鹅肝放入米汤内涮熟即可食用。吃鹅肝可搭配各种酱料，可甜可咸，质感丰富。

宋淳熙二年（1175），为了调和朱熹"理学"和陆九渊"心学"的分歧，著名学者吕祖谦邀请双方在信州鹅湖寺集会，讨论"为学之方"。詹体仁同往，坚决捍卫朱熹主张。这便是中国哲学史上著名的"鹅湖之会"。5年过后，陆九渊到白鹿洞书院拜访朱熹，请为其兄陆九龄撰写墓志铭，朱熹不仅接受，还邀请陆九渊为书院师生讲学，陆也欣然同意。

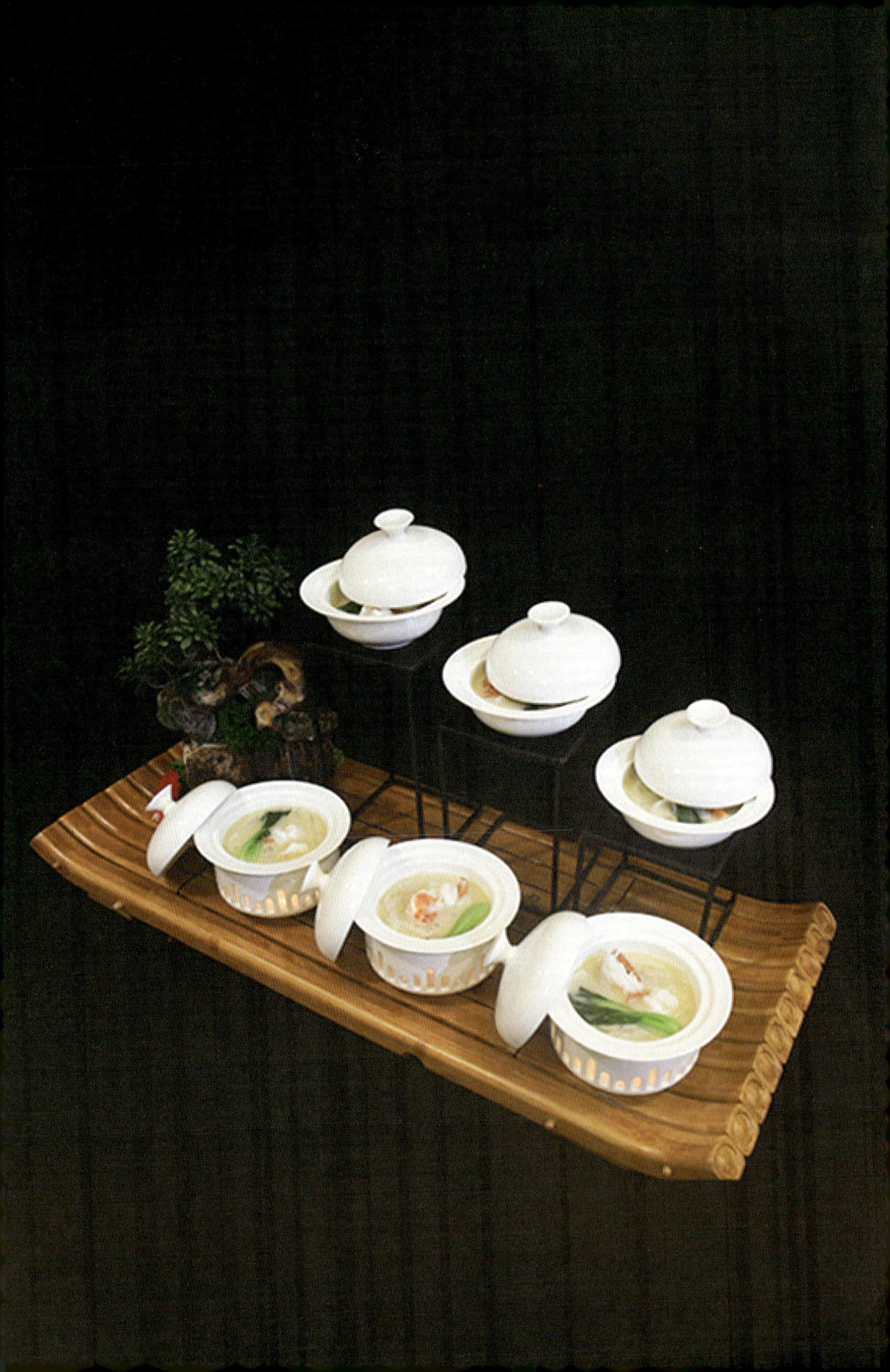

萧颉河鲜

主料：浦城大米、河虾

配料：秘制调料

清源味美属河虾，肉嫩鲜纯识者夸。
待得仁熟求化境，米汤淋热笑如花。

因生长环境的不同，河虾比海虾肉质更为细嫩鲜美，其味道也较为清淡，更容易吸收其他调料的味道。米汤河虾突显的是原汁原味，将河虾煮熟，淋上浦城大米熬制的浓稠米汤即可食用。"萧颉河鲜"以雪白的米汤和新鲜河虾为主料，清淡养胃，鲜爽不腻。极简便是上品，值得您细细品尝。

萧颉，讲究"仁熟、义精"，是朱熹父亲朱松的挚友，是朱熹的启蒙老师。朱松首次赴京任职，便将妻儿留在浦城仙阳萧颉家中。朱熹在这里首次接受正规的儒家六经训蒙教育，立下做"圣人"的决心，为他后来的成就奠定了扎实的基础。

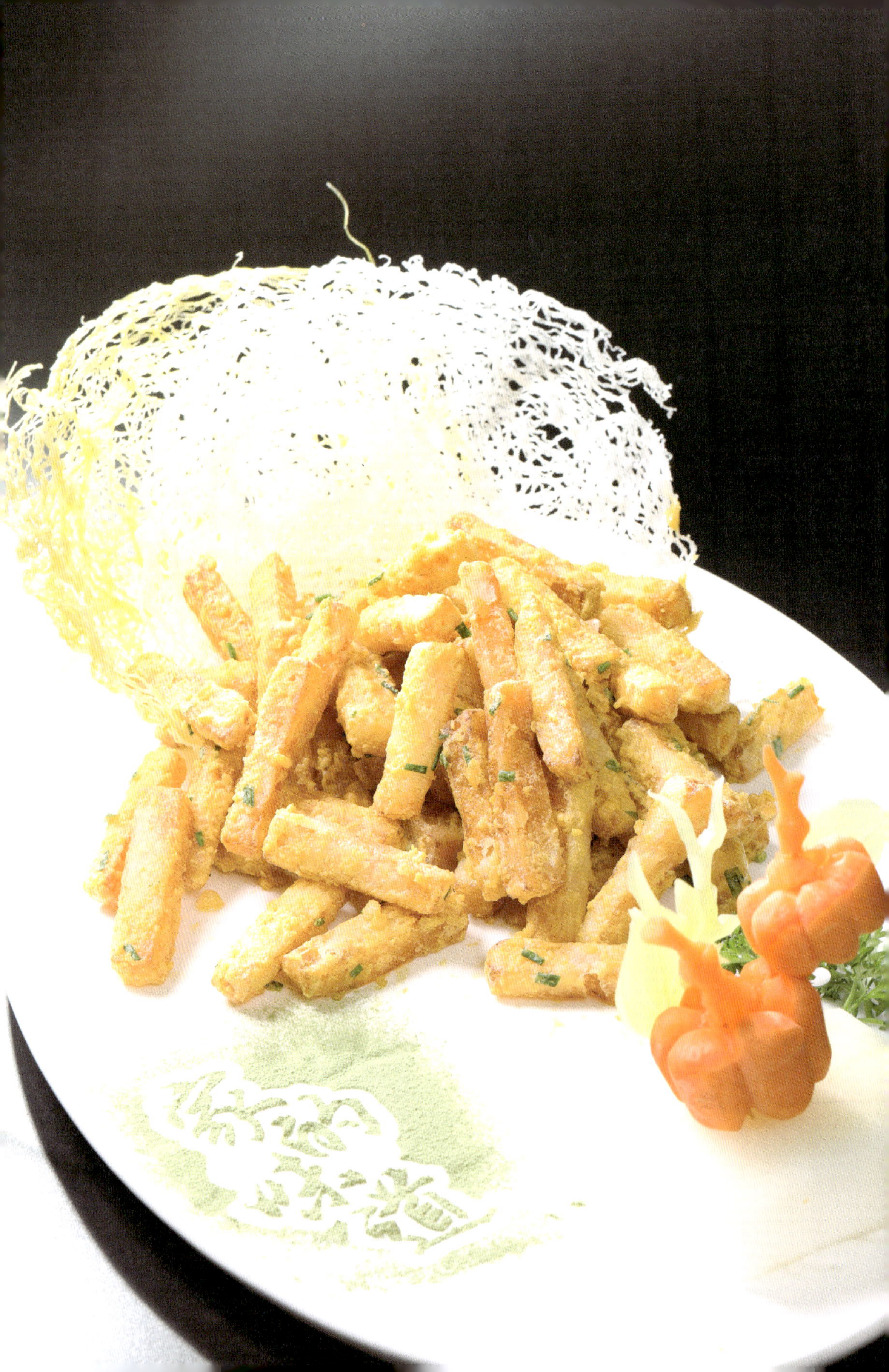

金色华年

主料：咸蛋黄、南瓜

配料：风味调料

蛋黄咸香南瓜甜，一缕温馨满心田。
两袖清风真大儒，居高不忘西乡还。

南宋大儒真德秀，浦城仙阳人。他的母亲在老家院子里种了南瓜，每年都结很多，每次他北上或南下经过故乡时，母亲总叫他带上一些南瓜和咸蛋，嘱咐他不要忘记家乡，不要忘记回家。南瓜和咸蛋一起烹煮既普通又营养，里面饱含的母爱，让真德秀命运多舛的一生仍不缺金色华年。

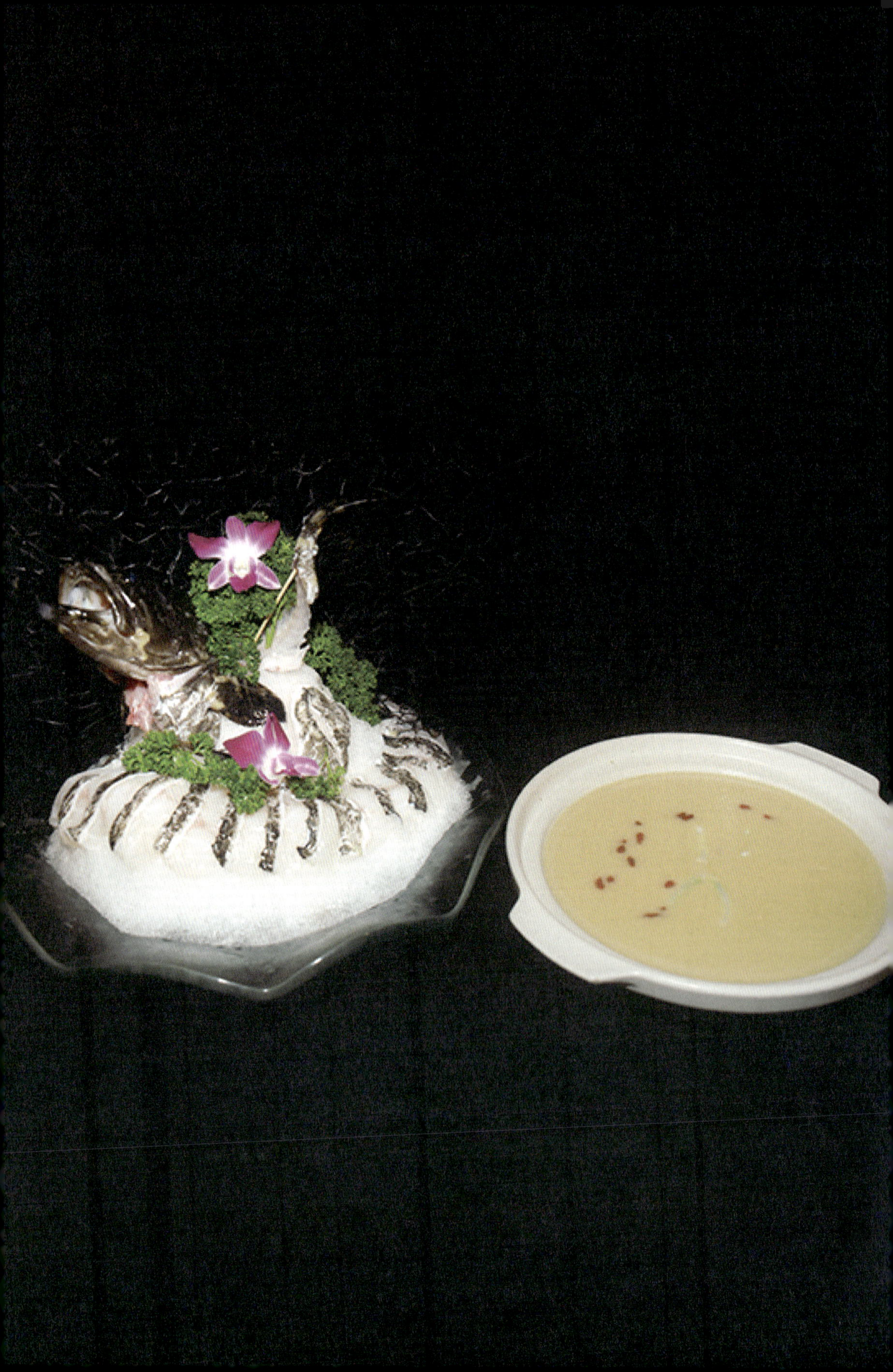

四杨清风

主料： 新鲜鱼肉、浦城大米

配料： 秘制酱料

> 大米熬煮留米汤，鱼片刷熟或炸黄。
> 一鱼多吃滋味美，理学清风百世扬。

先将大米洗净，煮 30 分钟，捞去米粒留下米汤；再用生粉、花生油、食盐等腌制鱼片；最后将鱼片及生姜丝放入米汤内涮熟，可适量蘸酱油、辣椒酱、蒜姜蓉等，这是其一。其二，是将鱼片裹上米粉炸成金黄。其三，可将鱼骨用调料制腌后也炸成酥脆。其四，可蒸全鱼。

"四杨"指的是杨与立与其族兄杨骧、族弟杨道夫、侄儿杨若海。朱熹在武夷讲学，他们共同前往拜师求学并皆有所成。为纪念他们的理学成就，故取名为"四杨清风"。

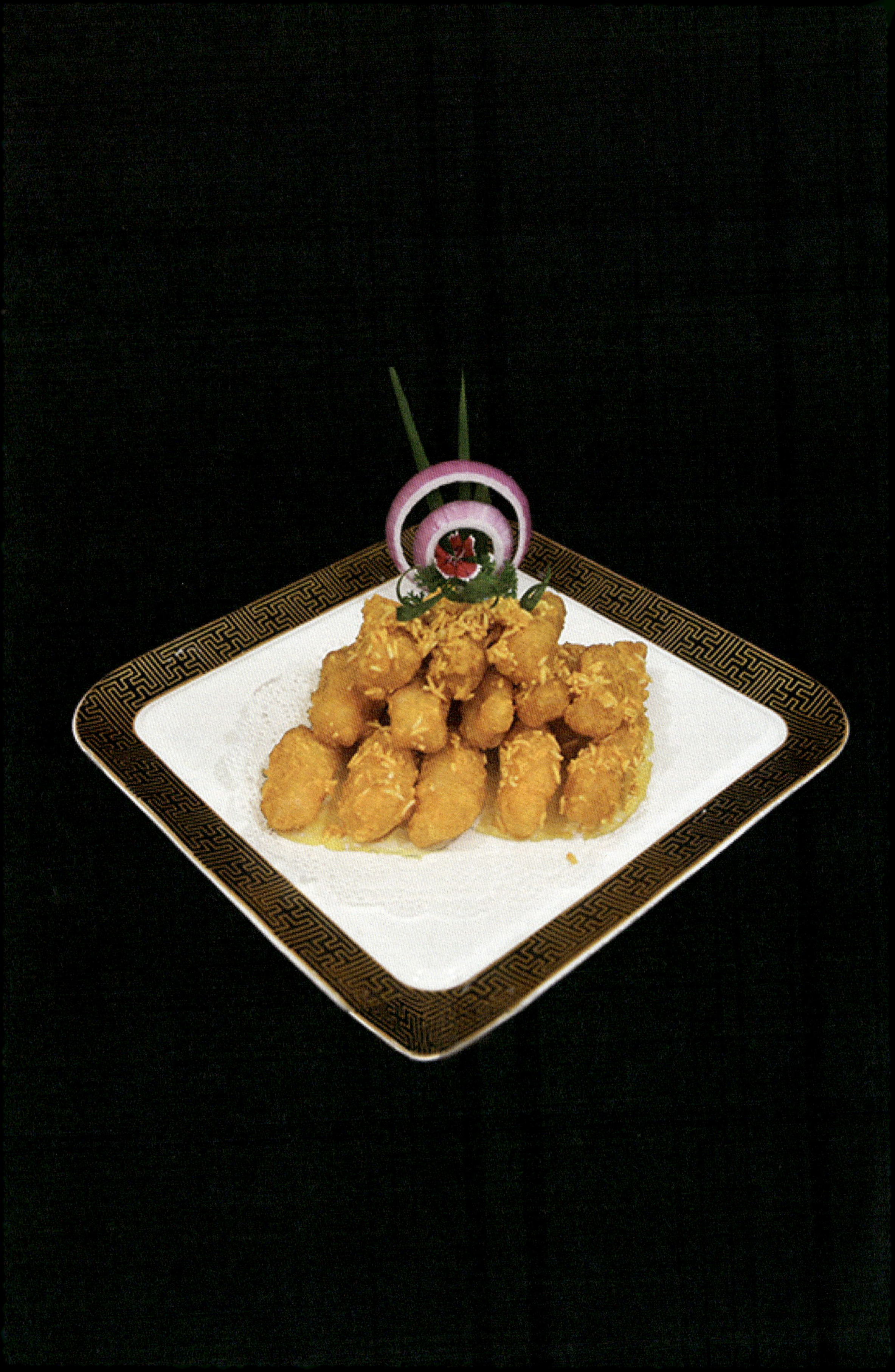

锦工鱼柳

主料：鱼肉、浦城粳米

配料：鸡蛋、酱料等

粳米爆成金子色，去腥鱼柳蛋衣穿。
炸后入锅拼火力，锦工一出笑眉弯。

将大米洗净，提前炸至金黄酥脆备用。鱼洗净切条，加葱姜、料酒、盐等去腥入味。腌制好的鱼柳裹上全蛋液，入油锅煎炸。最后，将黄灿灿的大米和鱼柳一起炒制，喷香开胃，让人欲罢不能。此菜品味道好，加上鱼肉富含的维生素和矿物质，能保证营养的全面。

宋绍熙元年（1190）初春，花甲之年的朱熹携门人来到浦城探望同窗好友黄铢。他在游览浦城大石溪的自然风光时，欣然在一岩壁上挥毫，留下"锦工"二字。从此，这里便成为浦城著名八景之一。

菜头酦

豆腐乳

浦城传统小菜与糕点

梦笔生花宴团队

　　浦城民间还有许许多多的传统小菜与糕点，极具地方风味、传承悠久、口感独特。它们在浦城发芽、生根，开枝散叶，伴随着一代又一代浦城人的味蕾，成为浦城人的乡愁。

　　糕点、茶点同样是浦城老百姓喜闻乐见的美食。这类点心大都年代悠久、种类繁多，如今既有传承也有创新，其丰富性是浦城物产丰盈、粮食丰收的最好见证。这里选介两家深受浦城人喜爱的糕点店：孟氏糕点、荣宁蛋糕。

番椒酱

豆豉

豆腐渣饼

浦城理学十三子宴与其他

119

炀肠（香肠）

炒碱粿

炒临江粉干

盒子糕

灯盏糕

麻糍

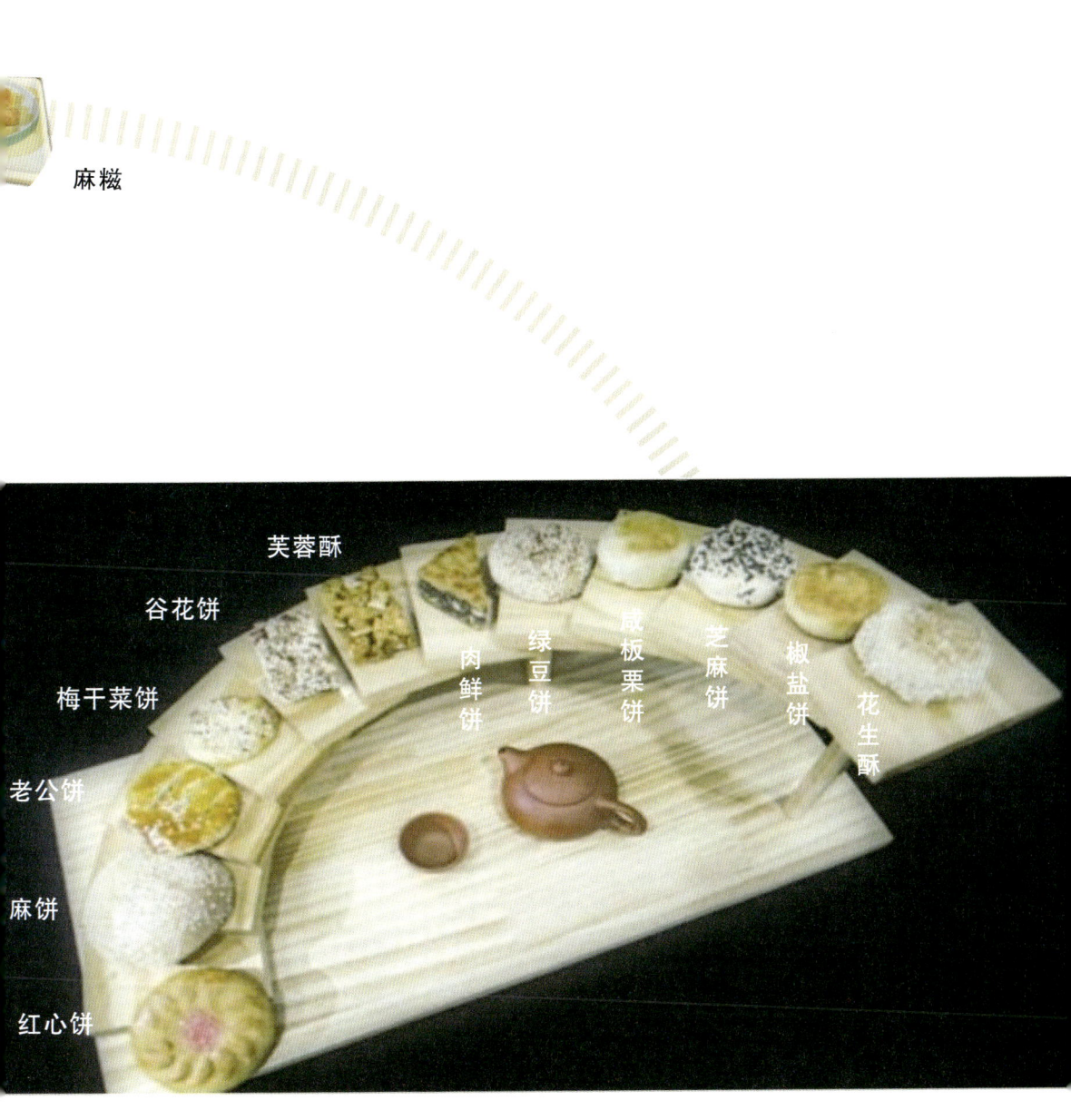

芙蓉酥
谷花饼
梅干菜饼
肉鲜饼
绿豆饼
咸板栗饼
芝麻饼
椒盐饼
花生酥
老公饼
麻饼
红心饼

　　孟氏糕点是浦城专门从事手工糕点制作的一家百年老字号企业，于清德宗光绪六年（1880）由孟榆章创建。传到孟锡和（1933年生）时，得到发扬光大。目前，由后人孟红光经营。

薏米薯花

罗马盾牌

　　荣宇蛋糕是一家有 30 余年历史的企业，在浦城城关有 7 家店面。该店制作各类蛋糕、甜点和酥饼，其中不少以浦城特色食材如官路薏米、仙芝楼灵芝粉等为原料，有浓郁的本土风味。

作家笔下的浦城味道

家乡美食

沈世豪

豆腐丸

这是浦城美食的头牌。

落满沧桑的传奇，却是纤尘不染，洁白晶莹；莫道鲜嫩无骨，却是清气满乾坤，香味氤氲。只要是浦城人，一提起它，无不赞叹不绝！

福州的"佛跳墙"，上了国宴；豆腐丸虽无此幸运，但并非没有这样的资格。天下美食千千万，豆腐丸就像朴实、厚道、踏实的浦城人，默默地书写饮食春秋。

豆腐丸是典型的平民美食。原料很简单，主要是豆腐，抖抖索索，白白嫩嫩。中间的馅料，也并不昂贵，只是小如豆粒的一点瘦肉。其做法看上去也似乎没有什么超群之处，把一锅洁白如玉的豆腐搅碎了，然后用一个小汤匙舀起一点点，塞进馅料，在陶质的锅墙边打着、打着，达——达——达——达，声音清脆，打成橄榄状，到一定火候，在浅浅的有面粉的大碗中滚了滚，最后丢进沸腾的汤锅里，很快就飘浮上来。两三分钟后，出锅装碗，撒上香葱，便可以了。

做这道美食，关键是一个"打"字，只有手艺娴熟的老师傅，打出的豆腐丸才道道地地、像模像样，不信，你去试试看。它令人想起一句富有哲理的名言：平凡之处见神功。

没有卖豆腐丸的大店。我是1957年到浦城一中读书的时候才认识这道美食的,逛遍全城,发现只有一家,地点在如今县政府前面的那条老街街头,门口是口中型的铁锅,熬着几块看不到肉的大块猪骨头。据在这个店帮忙的一个年轻人告诉我,千万不要小看这几块猪骨头,那是老祖宗传下的,是他们的招牌,豆腐丸没有熬透的骨头汤,味道就不正。也不知是否真如此。

坐在店里品豆腐丸,当然惬意,但我们最爱的是辛勤小贩夜间挑着小担,游走在老城大街小巷的流动摊点。浦城的冬天还是很冷的,我们下完晚自习以后,担子上挂着一盏小灯的摊点就准时出现在校门前。豆腐丸是论个卖的,一分钱一个,花上5分钱,就可以打个牙祭。摊点上备有辣椒酱,免费,由食客自取。豆腐丸给我最深刻的感觉,除了味美以外,就是"温暖"。小小豆腐丸,不知温暖了多少如我等远走异乡的游子。

一道不知传过多少代人的道地地方美食,流传至今没有变味,就很难得了!

苦槠豆腐

浦城苦槠多,尤其是我的老家一带。

那是长寿树,在我少年时念书的晒楼后面,有几棵苦槠树已经有300多年了,如今,依然年年开花、结果。四周皆是毛竹,几棵毛竹居然从老苦槠树的中间,挤挤攘攘地探出头来,成为一道奇景。

苦槠树四月中旬开花,丝状,青白色,一团团簇拥枝头,清雅而浓郁,给初夏的山村增添了浪漫的风情。

苦槠结果的时节是白露过后的秋季,《诗经》曰:蒹葭苍苍,白露为霜。其实,当时还没有下霜,但田埂上的青豆正好成熟了。苦槠浑圆,棕黑色,外壳无刺,青灰色,成熟的时候,外壳自然裂开,苦槠滚落到树下的草丛、灌木丛中。苦槠树高，摩天如云，树围要数人合抱，从小就会爬树的我们也无可奈何，只好乖乖地在树下捡拾。因此，捡苦槠，是山里孩子兴趣盎然的功课。

苦槠有点苦，配上青豆炒起来吃，味道特别香，也不觉得苦了。不过，我最喜欢的还是苦槠豆腐。

苦槠怎么能够做成豆腐呢？

去壳的苦槠，先用水泡几天，去掉苦味，然后粉碎，用石磨磨成浆，蒸熟，或用慢火在锅里熬熟，然后，一块块切开，就成为苦槠豆腐了。苦槠豆腐不是白色的，而是棕红色的，是因为放了碱吗？弄不清。我没有做过，只看见母亲做过。

苦槠豆腐的最好吃法，是炖一锅浓浓的肉骨头汤，放点辣椒，切好，一块块丢到热汤中，口感极好。没有苦味，肉肉的，香味袅袅。多年没有吃过了，一提起来，便觉得口舌生津，悠然入味。

将苦槠豆腐晒干，用沙炒，松、脆、香，比虾片大多了，是当年山里孩子解馋的最爱之物。我想，如果配上浦城的名产包酒，一定是美味无穷吧！

炒田螺

说起来要让朋友们见笑。那年四月下旬，我应邀到浦城山下乡采风，中午吃饭时，看到桌上有一盆久违的炒田螺，毫不客气津津有味地大吃起来。多年没有品尝过啦！直到同行的老同学余奎元老夫子提醒，说吃多了会伤胃的，才不好意思地停住筷子。

在浦城的土菜中，我觉得炒田螺颇有风味。

当年，农田里不施什么化肥、农药，田螺真多。每天放学之后，只要没有下雨，我都要和同伴一起去水田捡田螺。

田螺白天躲在泥土里，傍晚的时候就纷纷爬出来。田螺是有路的，可以看到其清晰的行走痕迹。只要发现动静，它也会跑，但跑得很慢，怎能逃得过眼明手快的山里孩子呢！夕阳下山，夜幕徐徐升起的时候，田螺特别多，尤其是山垅田，更是又大又多，而且全是薄壳型的佳品，令我们喜不自胜。

田螺吃法同样不少，最普通的吃法，就是把田螺养几天，让它吐尽泥土，用水煮熟，把田螺头挑出来炒腌菜，放点辣椒，是农家下饭的好菜。不过，我最喜欢的还是炒田螺。用钳子夹去田螺的尾巴，洗净，下油，放点去腥味的葱、姜、蒜，还有红辣椒，便有香味飘起来。大火，倒下田螺，不断翻炒，可听到迷人的沙沙声响。田螺在热锅里快熟后，再放点料酒、盐、一点点的糖吊味，就可以了。

吃炒田螺是用嘴巴吸的，田螺肉鲜美，吸出的汤汁更是让食客胃口大开。如今，难得的野生田螺，不知是从哪里捡来的。世界变化太快，以前人们最常吃的炒田螺，居然成为农家招待贵客的佳肴了。

城里人普遍喜欢吃海鲜，厦门从来是不缺海鲜的，或许是吃多了，我倒是经常想起浦城这道美食。都说美食是文化，老家的美食，更是如深深扎根在游子心中不凋的花木，如诗，如歌，如老家潺潺流水、脉脉青山。或许，这就是乡愁吧！

包酒

包酒的诞生颇有点传奇。不知是哪一位山野农民，突然来了灵感，用谷烧的白酒当作水，去勾兑糯米甜酒，做出来的酒密封在缸里，埋在地下，若干年后再取出。于是，奇迹出现了：此酒既有白酒的刚烈、清淳，又有甜酒的软嫩、绵长，刚柔并济，美不可言。叫什么名字呢？此乃白酒包甜酒，那就叫包酒吧！世界上许多突发奇想的发明常应了一句老话：无心插柳柳成荫。无意而为之，却独得翘楚。包酒无言，喝过的人们大概是有点醉了，谁也没有去探个中究竟。

名家辈出的酒坛，当然不会有像包酒这样的"土老帽"的位置，它深居闽北的深山老林久矣。或许，从来就没有想到要混迹灯红酒绿的城里去，那里高楼林立，车水马龙，美女如云，更有不少高贵的人们，总是以鄙夷的目光看待乡下人，实在是让人不知所措哟！还是山里人实在，看农家炊烟袅袅，日出而作，日落而息，鸡犬之声相闻，神游于世人的追名逐利之外，竟然不知日月之飘逝了。因此，包酒的历史有多长？无人考证。是谁把包酒弄到城里的？这可是有证可考的近年间的事！山城有几个文人，大概是在城里待腻了，就跑到一位文友乡间的老家去。那个地方叫九牧，古时候的确出过一个不大不小的官，因此，便有了这么一个雅称。辉煌的历史，被无情的风雨化为了满目卑贱的芭茅，早已没人在意了。小镇只有一条街，两旁的木骑楼落满了烟尘，传奇和故事也不知流落到哪座寂寞的山头上去了。山里人向来朴实，见到城里来的贵客，总是有点诚惶诚恐，生怕怠慢了人家。手忙脚乱之中，终于弄出了几碟土菜，无酒不成席，又急急忙忙端出了平时舍不得喝的封存了十多年的包酒。真是遇到了贵人呀！喝得醉醺醺的文人，被包酒倾倒了，于是，将它带到城里，一传十、十传百。民谚曰：酒香不怕巷子深。人欲横流的年代，没有比酒文化发展得更快的事业了，很短的时间内，从山凹走出的包酒就红遍了闽北山城。

不得不佩服头脑无比灵活的商家，把包酒这位乡间女子，略做梳妆，便匆匆忙忙地推上了乱哄哄的闹市。打什么招牌呢？感谢古城的一位老学究，从故纸堆里请来了曾到过闽北的陆游。有一回，陆游穿过仙霞关，到了一个叫渔梁的地方，得了一点小病，就此住下了。他是可以豪饮的酒仙，小酌之余，还写了一首诗，题目很长：道中病疡久不饮酒至渔梁小酌因赋长句。诗中留下了"我行浦城道，小疾屏怀酌"的佳句。陆游喝的是包酒吗？未敢妄加揣测这位德高望重的先贤，就把他喝酒的地方——渔梁驿，作为包酒上桌的芳名吧！

并非有意替酒家做广告。因为，以目前的水平，包酒虽可以批量生产，但我认为，你如果真感兴趣，还是自己迈开脚步，到闽北的深山老林里去寻找吧。包酒姓土，贵在聚天、地、日、月之精华，农家酿的，才是真正的上品！

乌饭

每年母亲节，浦城的山里人给母亲送什么呢？乌饭！旧历四月，闽北十万大山，正是漫山滴翠春深似海的迷人季节，嫁出去的女儿，要给母亲送乌饭，俗称"乌饭节"。颇有兴味的是，此节不定具体的日期，只要在这一段时间里，把乌饭送给母亲就可以了。是山里人如蓝天般的宽容，还是考虑到做女儿的繁忙，有意把节日的时间拉长了，让她们可以从从容容地走一次娘家。没有文人去考究过。人世沧桑，入经传的只是沧海一粟，像送乌饭这样的乡俚俗务，大概只有如我等平头百姓偶尔会念起它吧！

乌饭黑如墨，当然不是墨染的。山上数不清的树种中，有一种树的俗名就叫"乌饭树"，又称"乌饭子"。学名叫什么？不知道。就像质朴的山民，很多人只叫绰号，叫小名，大多起得不大好听，不是故意作践自己，而是当父母的希望儿女不要那么娇贵，能像落地生根的野草那样"贱"一些，好养，可以顺利长大成人。因此，大名就被人们忽略了。乌饭树也是如此吧！它是杂木，无缘入松、杉、樟等煌煌树种之列，更不敢和高贵而有些孤傲的楠木、花梨木比高低。人分三六九等外，还有被列入"另册"的，树也难逃此等劫数。但比人类幸运的是，它们各有各的空间，不会表面上嘻嘻哈哈，或者皮笑肉不笑，背地里却如发疯的野兽般乱咬一气。

从外表看，乌饭树并不漂亮，紫棠色的树干，弯弯曲曲，是从小就背负了太多的劳碌和艰辛吗？踏遍青山，从来也没有看到过一棵挺拔的乌饭树。它不进大森林，是自惭形秽，还是天性就不愿与那些趾高气扬的"大人物"为伍？向阳的山坡，杂木群居的矮树林，是它最喜欢最留恋的地方。尽管，它无缘听到被诗人唱出了老茧子的雄浑的林涛声，但却可以坦坦荡荡地享用一片自由天地！

或许，正因为如此，它的树叶，细碎如卵型，粗看去，和其他连名字也叫不出来的杂木无异，细细一品，却蕴含着一股沁人的清香，还有丝丝缕缕的甜味。不是如甘蔗那样腻人的甜，而是如缥缈的山光岚影一样，让人领略到似有似无的那么一种奇妙境界的香甜。沐着春雨，刚绽出来的乌饭树叶，琥珀色，半透明，脆生生的模样，极像片片翡翠，美丽动人之至。古人云："看花应不如看叶，绿影扶疏意味长。"说的大概就是这种意境。把这种鲜嫩的树叶采下来，捣烂，挤出汁来，拌在上等的糯米里，加上少许的冰糖，蒸熟，做出来的糯米饭就是乌饭。其诀窍是，一定要加上不少新鲜的猪油。用乌饭汁蒸出来的乌饭，黑中透着诱人的亮色，其鲜、香、嫩、甜，更是让人垂涎欲滴了！

女儿走娘家，骨肉相聚，本来就很有亲情味，何况还送来精心制作的乌饭哩！窗外的花开得一片烂漫，屋里的母女久别重逢，更有说不尽的贴心话。送乌饭，千古情长意悠悠，不过，如今只有闽北大山深处的人们才有这样的福分了。

老家乌饭做得最好的村庄，是离我家只有3里地的前洋村。该村曾在浦城美食节上展示过乌饭制作，不到两个小时，乌饭就被城里的食客抢光了。

乌饭，美哉！

炒鳝皮

黄鳝是上苍犒劳辛苦农家的天然美味之一。从小生活在农村，我学会了抓黄鳝的绝技。黄鳝像蛇，但不会咬人，周身滑溜溜的，抓它时，只需伸出手掌中间的三个指头，中指上翘，呈弯弓形，左右两指稍弯，垫底辅助，三指张开，稳稳地往黄鳝拦腰夹去、夹紧，一条滑溜溜的黄鳝就被"铁三角"夹住了。黄鳝平时躲在田埂的洞里，因此，钓黄鳝就成为农家孩子有趣的日常功课。钓黄鳝的钩要比平常的鱼钩粗一些，最好请村中的铁匠打几副，挂上一截蚯蚓，从洞口慢慢伸进去。黄鳝贪吃，而且一副虎吃的样子，伸出头狠狠地咬住诱饵，泼剌剌地一扯，便扯出一条黄澄澄的大黄鳝。

当然，有时也会遇到意外，老蛇也爱钻洞，洞里的老蛇也会吃钩。忽然拖出一条老蛇来，让一群孩子大惊失色。一片大呼小叫之后，老蛇也被活捉，成为战利品。若是无毒的水蛇，就放生；若是毒蛇，就地处理，拿回去炖汤。不过，这种情况不多。

炒鳝皮，即将黄鳝去骨，切成鳝段，加洋葱、辣椒爆炒，肉质鲜美香脆，是多数地方的做法。浦城人吃黄鳝有独特的讲究：将鲜活的黄鳝先养几天，让它吐尽腹中杂物，然后用黄酒醉倒，放到红泥小炭炉上慢慢煲，整条黄鳝就像蛇一样盘成圆圆的一圈，加上各种去腥的佐料，便是一锅佳肴。乡亲们说，黄鳝的这种做法，看起来虽然有点"恐怖"，带有原始的粗野，但营养价值高，很补哟！煲出的黄鳝肉嫩、味美、汤汁鲜香、味浓，堪称美食之上品。

如今，市场上并不缺黄鳝，但大多是人工饲养的，黑色，肥墩墩的，已经失去野生的滋味，寡淡无趣了！

青豆

青豆，即青色的豆子。在我的闽北老家，因为它主要种在田埂上，俗称"田埂豆"。

以前山里的农家种黄豆，是件庄重而且洋溢着某种神秘感的事情。也不知何时留下的民俗，清晨两三点就要起床，当时没有电灯，家家点着桐油灯，光线不足，便加了松明燃起的火把，斜插在屋间的柱子上。在松明火把燃烧的噼噼啪啪响声中，橘红色的火光照着一张张落满沧桑的乡亲们的脸，亲切而温馨。

种青豆就没有那么复杂了，刚泛青的豆苗，鲜灵灵的，粗壮、可爱，整整齐齐地一把把码好，用柔软的稻草扎着，放在背篓里。挑一担掺了其他农家肥的草木灰，在生产队田埂上，隔着一尺多的距离，用短锄挖个5分深的一个坑，放一把肥料做基肥，斜插下一棵带根的豆苗，然后，转过身，就近从稻田里双手捞起一把烂泥，"啪"的一声响，稳稳当当地盖在豆苗上，只需露出豆苗的两片还没有完全绽开的绿叶，最后拔去周围的杂草，用一团团烂泥把周围都糊上，就大功告成了。青豆的生命力很强，不用施肥，也不用除草，更不必浇水，还不占用肥沃的农田，就在田埂上自由自在地生长。

五月中旬，小麦黄了，土豆熟了，不知谁家在山坡上种的荞麦，开出一片片如梦如幻的紫红紫红的花的时候，青豆也开始结荚了。青豆的花很平常，淡青色，小小的，谁也不会注意到卑微的它们，但青豆的味道却是不错。此后，农家的餐桌上，就多了一道菜，青豆炒红辣椒。讲究的人家，加上几条泥鳅干，就是一道下饭的美食了。

也有人把青豆剥出，晒干，但从来没有人拿去磨豆腐，只是用沙炒起来当点心给孩子们解解馋。炒出来的青豆，香喷喷的，松、脆，味道很不错。如果有耐心，把青豆藏好，留到"蒹葭苍苍，白露为霜"的时候，村后风水林里的苦槠树挂果了。青豆炒苦槠，可是山村里的一道名点。

山村有占驿道，斑驳陆离的石级路，青石铺的，不知留下多少脚印了。古亭犹在，泥墙、乌瓦，像阅尽风雨进入暮年的老人，沉默无言。不过，劳碌的乡亲，却很喜欢这个不知是哪个老祖宗留下的馈赠，往往在劳作空隙于古亭中稍做歇息。青豆熟了时候，有闲不住的汉子，到附近的田埂上拔些青豆来，连根带叶，就在亭中燃起一把火，架在火堆上烤着吃。虽然，没有鲁迅先生在《社戏》中写的一群少年深夜拔罗汉豆那样的雅致，那样的诗情画意，倒是有点山里好汉"匪吃"的况味。这种野火烤出的青豆同样很香，不过，不少的豆荚都烧黑了，一个个吃得嘴唇一片黑，也平添了一些乐趣。

我终于遇到一次比较文明的吃法了。有一回，一个头脑活络的读小学的同学，家就在古亭附近，他从自家的田埂上拔来不少青豆，大家一起摘好，放到刚砍来的一棵竹子的一节节竹筒中。竹筒一端有竹节，另一端塞进一团稻草，用泥巴封好，然后丢到火堆中去烧。不一会儿，青色的竹筒滋滋地冒油，糊上的泥巴也慢慢烧干了。在众人的期待中，突然，"砰"的一声响，大家吓了一跳，火焰也被炸得蹿了起来。

定神一看，炸开的竹筒里，全是热气腾腾又香气弥漫的青豆。惊喜的食客，用木棍迅速拨出青豆，很烫，但味道真是好极了！

我向来好奇，连忙向这位同学请教这种有点另类的青豆吃法叫什么。他咧着嘴，笑嘻嘻地告诉我："藏豆！"

转眼半个多世纪过去，此后再没有吃过"藏豆"。

而今，城里的超市当然不乏青豆，价格也贱得很，但无论怎么精心烹制，也做不出当年的味道。

寻味浦城：燕！宴！艳！

周保尔

浦城，从桐庐出发296公里，约三个半小时车程。可这一趟浦城寻味之旅，让我"走"了三年。

三年前的12月1日，浦城县何秀菊副县长携周海玉会长率餐饮界同仁、美食文化界人士以及相关部门负责人来桐庐进行餐饮美食考察交流。那次，我们相约不久浦城再聚首，谁知疫情打乱了我们的脚步。

2023年11月4日，浦城县政协原主席张建斌和周海玉会长再次率团来桐庐，考察体验浙江省非遗项目、桐庐名宴"十六回切家宴"，并就如何挖掘、弘扬宴席文化进行了专题交流。

2023年11月22日，浦城"梦笔生花宴"美食大赛隆重登场。我们应邀前行，开启了我首次浦城寻味之旅，印象深刻，归纳起来三个字：燕，宴，艳。

燕

肉燕，早有耳闻，周海玉会长来桐庐交流时也专门提到，肉燕是浦城美食的一大特色。单听菜名就觉得相当美，好似给人插上味觉的翅膀。她应该是什么样子的呢？让想象在味蕾上跳舞吧。原来，跟大多数著名美食一样，肉燕也拥有一个美丽的传说。

据说，早在明朝嘉靖年间，浦城县有位御史大人告老还乡，家厨为他制作了一道创新菜,用木棒将瘦肉打成肉泥,掺上适量番薯粉,擀成薄如纸片的皮子,切成三寸见方的小块,包上肉馅,肉包肉,形同扁食,煮熟配汤吃。御史大人吃在嘴里只觉滑嫩清脆,醇香沁人,连呼"大妙",即问是什么点心。因其形如飞燕,厨师信口答道"扁肉燕"。

这大概是肉燕的"始祖",当初是以"点心"问世的,而今各式"肉燕"已然成为整个福建的地标美食,菜肴点心。浦城,毫无疑问是"肉燕故乡"。

此次寻味浦城,几乎是每餐必有燕,品尝到不同方法烹饪的肉燕、蒸肉燕、煮肉燕等。其中,有一道汤燕,形若汤圆,燕皮呈半透明,肉馅红润可见,燕皮口感糯滑,燕馅味道鲜美。一时吃不出是什么食材做的燕皮,经请教得知,原来是冬瓜切薄片,敲打后加适量生粉制作成的。可见,做肉燕是一项十分精细的技术活。相传,肉包肉、蛋包肉、鱼包肉是浦城历史悠久的传统"三燕"。真可谓:

燕燕于飞,精彩纷呈。

君子宴饮,吉祥康宁。

燕者,宴也。

宴

周海玉会长跟我说,他们正在开发"梦笔生花宴"。和肉燕一样,一听宴名,就会让人产生很多联想,这个"宴"一定有故事。

我很快联想到了我们桐庐县的分水镇,每年生产水笔60多亿支,是著名的"妙笔小镇"。我们"一桌好菜研究院"怎么没有想到开发"妙笔生花宴"呢?可谓是一大憾事!作为一桌好菜研究院院长,我在设计宴席主题时,重视挖掘宴席的历史文化内涵，却忽略了当地时下优势产业的企业文化。

不过，"梦笔生花宴"既有深厚的历史文化底蕴，又有令人期待的现实意义。岁月流转，而今悠远的诗意悄然沉淀，化作美食呈现。

浦城，是"梦笔生花"原产地。公元474年，南朝的江淹被贬到浦城任职。据传，一日夜间，他在孤山睡梦中得到一支五彩神笔，自此文思如涌，成了一代风流文魁。这就是"梦笔生花"的典故，网上很容易找到。

把"梦笔生花"作为宴席名称，把这个典故作为"梦笔生花宴"的文化背景，太妙了！一则"梦笔生花"人人皆知；二则创新空间无限，人人皆有梦，个个可生花。特别是对莘莘学子，"梦笔生花宴"可以加持正能量。这方面尽可以做一些营销策略研究，比如一举夺魁的浦城乡间特色菜"西山墨蹄"，作为"梦笔生花宴"主题大菜之一，大可借"蹄"发挥——即使是猪蹄，也饱含"墨水"。考生品鉴墨蹄，寓意助考加分。广告词可以这么写："西山墨蹄，状元及第。"这样的营销，可提升宴席的知名度和美誉度，讲好"梦笔生花宴"美梦成真的美食故事。

受此启发，我们桐庐为何不在妙笔小镇分水开发"妙笔生花宴"呢？期待与浦城"梦笔生花宴"结成姊妹宴。

浦城"梦笔生花宴"不是一个具体的宴席，而是浦城各种特色宴席的总称。它其实更是一个产业链平台，通过特色宴席，推进产业链升级，扩大生产，促进销售，推进乡村振兴，助力农民增收，走上共同富裕之路。我觉得，宴席的大意义也在这里。

"梦笔生花宴"定然四季开花，花开红艳。

艳

寻味浦城，梦想成真。

进入浦城城关，"中华诗词之乡""中国民间艺术（剪纸）之乡"的金字招牌赫然在目，"艳"入眼帘。这是第一艳。

"诗画浦城""诗画桐庐"异曲同工，倍感亲切。浦城、桐庐，有颇为深厚的历史人文渊源。北宋时期，浦城人章岷作为范仲淹的从事，在桐庐郡工作时受范仲淹委派，主持修建严先生祠堂，功德千秋。他还在严陵滩与范公斗茶，留下一段佳话，也促成了范仲淹《和章岷从事斗茶歌》《桐庐郡严先生祠堂记》两篇不朽诗文。南宋末年，浦城人谢翱在富春山严子陵钓台哭文天祥，成为千古绝唱。浦城、桐庐，有较多气质相同或相似之处，上面的两块"国字号"招牌两地皆拥有，浦城有江淹的"梦笔生花"，桐庐是范仲淹笔下的"潇洒"；浦城养育了一代美术大家范迪安，桐庐走出了美术界"一代宗师"叶浅予。来到浦城，我们迫不及待地参观了当地文化地标——浦城美术馆·范迪安美术馆，其规模宏制、藏品规格，无不惊艳。此为第二艳。

主角登场，"梦笔生花宴"美食画卷徐徐开启。这是第三艳。未进入会场，我们就被惊艳到了。大门两边，设台展示浦城的各种特色糕点、茶饮，供嘉宾、参观者品尝。进入活动现场，"梦笔生花宴"五个大字立在舞台前沿的中央，霓光照耀；左右及后面三边为展陈区，美食之色香味扑面而来。最使我感慨的是，展出的一百道菜品，都配以生动的文字说明，或历史典故，或文化背景，文案至细，叹为观止。特别是"梦笔生花宴"统领之下的五个主题宴，分别是：薏熠生辉的明珠（薏米宴）、米香浓郁的诱惑（香米宴）、仙芝凡尘的传说（灵芝宴）、丹桂飘香的时候（桂花宴）、历久弥新的味道（老家宴）。读着主题，我突然醍醐灌顶，不就是"薏米仙丹，历久弥新"吗？八个字，精准提炼了浦城特色！

宴者，艳哉。

好有创意，佩服佩服！

"梦笔生花"地，大有"梦笔生花"人啊！

章氏豆腐丸之真味

詹宗林

率"寻真味"团队一路向北,开始了福建北大门——浦城县的美食之旅。

这是地处闽浙赣三省交界的山城,有1800多年的建县史,美食底蕴与文化一样深厚悠久。

面对浦城"梦笔生花宴"上百道菜品,让我这走南闯北的美食达人有点目不暇接了,味蕾瞬间灵动起来。薏米宴、丹桂宴、大米宴、竹笋宴、灵芝宴……太多的美味,作为评委都无法割舍,手中评分的笔迟疑着不敢轻易落下。然出乎意料,一砂锅的豆腐丸让我味蕾兴奋起来,锅中翻滚的形如橄榄的丸子色白如雪、质地嫩滑,取一匙一粒连汤入口,压舌即化,味道鲜香之极。这次参赛的"章氏豆腐丸"和"添灯下豆腐丸"都是浦城小吃的非遗传承代表,都很好,思量后,我选择了大树下小吃店的章氏豆腐丸,既然是传统小吃,就应该出现在街头巷尾的小店之中,充满人间烟火气。

评分稍息时,我寻着"嗒嗒嗒"的声音,走到章氏豆腐丸的厨位拜起师来了。这位叫章志芬的厨师告诉我,章氏豆腐丸从她爷爷的爷爷开始传下来,5代了,至少有100年,她父亲常年低头坐着敲打豆腐丸,背都驼了。我不禁好奇,章氏在浦城是望族,史上出了3位宰相6位尚书23位进士,而章志芬的祖辈为什么就以一碗豆腐丸传家、养家呢?我没问,她也没说。我想,也许章家人繁盛至今,也有这碗章氏豆腐丸的滋养吧?

豆腐丸所用食材很简单，新鲜的豆腐捣碎，拿一小碗把面粉压实，豆腐裹上一粒瘦猪肉，在豆腐钵边上敲打成橄榄状，滚入沸腾的高汤中，浮上可和汤捞出上碗，撒上香葱胡椒粉即成。她说熬汤很重要，用新鲜的猪骨头和目鱼干熬12个小时以上才行。

　　我听着很简单，动上手了，豆腐总不听使唤，总滚不成形，让忝为五星大厨的我真是汗颜，只好躬身请教。在她耐心地教习下，我能自如操作了。看到亲手敲打的豆腐丸如精灵般跳入汤锅中翻滚，我开心得不亚于做了一道招牌菜。我交代团队，一定要把这段视频做好，在我的美叔网中与我的3000万粉丝分享。我的团队的宗旨是坚守初心，寻传世间真情真义、真品真味。这种真，就是心灵与情感同行千万里寻求，在千万个生动的故事中与美食共舞。

　　就如同这么一碗真情实意、真材实料的章氏豆腐丸。

豆腐丸·扁食担

余奎元

浦城地方小吃品种甚多，风味各异，最令我心仪的是豆腐丸。

夜幕降临，我们穿行在浦城街市之中，侧头一看，就会见到一些小摊上，红红炭火闪亮，上面煨着一口大大的砂锅，并传来"嗒、嗒"有节奏的敲打声，更有一缕缕豆腐香、葱花香、目鱼香、猪骨香飘过来。摊主不用吆喝，不用挂招牌，那豆腐丸逼人的香气，就是货真价实的广告，无声有味地逗着我们光顾。

豆腐丸是浦城传统风味小吃的经典，加工精细，水晶晶的豆腐置于钵内，加入精盐，捣烂成酱，尔后再用一个瓦汤匙，勾上适量的豆腐酱，裹以精瘦猪肉丁，在钵边反复敲上几下，放在面粉碗中摇滚成橄榄状，投入滚烫的锅中。锅内是用猪骨、目鱼干等文火熬好的汤汁，待丸熟了，浮上锅面，再连汤舀入碗中，加少许葱花就可食用。这豆腐丸，不用说吃，光看着就是个享受：白如雪的丸，在热气腾腾的锅中微微颤动，滋滋地冒出小泡泡，一捞上来，每个丸都鼓鼓的，并葱花儿浮在上面。氤氲之中，一股股香气扑鼻而来。这香味，让人禁不住唾津潜溢，有谁能不被勾起食欲因此驻足？

热腾腾的豆腐丸端在你面前，清香四溢，一匙一粒，连汤进口。轻轻一咬，顿时满嘴流香，直透丹田。拌料摆在桌上，有辣椒酱、蒜泥、香醋、胡椒粉、姜末等，供食者按个人口味随添。即使你是爱清淡的食者，我也建议你加一些辣椒酱，当你吃得满头冒汗、浑身热劲来，定会连呼痛快。特别是当吃得七荤八素、酒酣耳热之时，许多当地人准会说："去吃豆腐丸。"

浦城人男的女的、老的幼的，无论是平民百姓，还是达官贵人，都会不时光顾豆腐丸摊。不少有洁癖而不吃街边小吃的人，也逃不出豆腐丸的诱惑。许多吃遍中外名菜名点的外地人到达浦城，在主人的邀请下去尝一碗，吃完后皆啧啧称好。尝出滋味、尝出缘分的，再到浦城时，肯定会再去一次豆腐丸摊。

那香香嫩嫩的豆腐丸，是思乡的蛊。游子在异域他乡，一想起那柔软爽口、鲜香不腻的豆腐丸，嘴里总感到美滋滋的。一回到故乡，必定钻进街边小店，尝尝难忘的豆腐丸。一些乡亲特地去学做豆腐丸，不时在异乡做上一锅豆腐丸，请同在异乡的故人解解馋。一碗豆腐丸，和着乡愁，细细品味，朦胧中，故乡的山、故乡的水，历历在目。

说起豆腐丸，不免连带想起以敲竹筒招呼吃客的敲敲担。敲敲担是在街头巷尾流动兜售扁食的，现在只见扁食摊、扁食店，敲敲担竟已阔别很久了。

如今60岁以上的人都一定记得敲敲担。那个担子作马鞍型，前面是一座小型灶，灶洞里燃烧着木炭，火不太旺，属文火，上面架的小铁锅热气氤氲，颇引诱人的食欲。担子尾部构造似小型碗橱，上中下三层，底层为抽屉，放着扁食皮和猪肉泥，上层摆着调羹、碗盏，中层除了置放调味的瓶壶外，就是主人的"工作台"了。这种食担构造尽管简单，设计制造却很精巧。

每当夜晚，担主串街走巷，敲打着竹筒，发出脆脆的梆子声以代替叫唤。担主默默地包着扁食，默默地接待着吃客，很少同人说笑，更不与人争吵，生意做得童叟无欺。看上去，小扁食普普通通，然而那手打的皮子薄如蝉衣，几乎透明；肉馅选用猪脊骨下精肉打制，脆韧香甜；汤用猪骨汤，清甜味美。下锅烧煮扁食，浦城人叫烫扁食，即在高汤中氽熟，要煮得恰到好处，熟而不糊烂。粒大油足的扁食一只只漂在汤面上，透出点点殷红，撒上翠绿葱花，加上少许"光面油"，好一碗色香味俱全。

夜深吃一碗扁食，真是人间温暖。

家乡"十二件"

陆永健

《史记》中记载的"福建汉阳城"就是我的家乡——浦城,她是有文字记载以来,福建两个最早筑城堡地之一。浦城地处闽浙赣三省交界,人杰地灵,物产丰富,仅宋朝就出过八位宰相,素有"小苏州"之称。在物资匮乏的年代里,这里的老百姓生活依然可以温饱。

所谓"十二件",指的是十二碗菜。菜谱里边对它没有什么明文规定,只是每桌酒席必须凑足这个数目而已。至于它的渊源,现已无从考证。"十二件"在烹饪上是有讲究的,一席菜中,有糖醋、酸辣、蒜香、姜汁、清甜等口味。考虑到吃饱,用辛辣以振动;考虑到酒多,用酸甜以提神。烹饪之法,则有炒、熘、爆、蒸、焖、淋、浇等。这十二碗菜中有几碗菜是雷打不动的,比如肉燕、泥鳅熬豆腐或芋头、全鸡、全鱼等。

肉燕这道菜,先必须加工燕皮。据说,1233年,真德秀(浦城人)从福州赴京任户部尚书途经浦城,在家乡宴请亲友。厨师林阿荣(福州人)吩咐助手徐小春捣鱼为丸,徐误听为捣肉丸,即剔精猪肉捣为肉酱和薯粉做丸,但肉丸太硬,不能吞食。林阿荣于是将丸压平,薄如面皮,切丝氽熟,色质晶莹皎亮,加上佐料,食之与燕窝相似。林阿荣回福州后,用清粉多次试做不成,函询徐小春,徐为他寄去薯粉后方成。此后,肉燕在浦城、福州代代相传制。

当年,"十二件"是最高规格的宴请了。每当接到宴请的帖子时,同伴们总是会开心地高喊："走，去吃'十二件'。"吃"十二件"是有讲究的，有的能吃有的不能吃，有的菜先上有的菜后上。第一道菜必须是肉燕，即"燕报喜"；最后一道菜是鱼，意为"年年有余"。还有一种说法叫"鸡飞鱼走"，意思是说，无论什么酒席，只要上了"全鸡""全鱼"，就说明所有的菜都已上齐，暗示要离席了。而"全鸡"和"全鱼"一般是不吃的（实际上吃也无妨），是留给东家的。

对于今天来说，当年的"十二件"实在是不稀罕了。如今办酒席，常见的是"十八件""二十件"什么的，讲究一点的话是"二十六件"。菜的花样也有了很大的改变，除了山珍还有海味，生猛着呢。

富裕与文明本应是一双孪生姐妹，随着生活水平的提高，社会的文明程度也相应提高。然而事实并非总是如此，透过酒席，我们看到的却不乏富裕与文明的离经叛道。如今办酒席每桌动辄二十几碗菜，花费数千甚至上万元，显然其意已远远不在吃，而是一种排场和做派。在这种情况下，大量的美味佳肴成了喂猪的饲料、地沟里的垃圾……浪费绝对不是文明，无限度的浪费是对现代文明的一种亵渎。

那年祖父100岁，我趁国庆长假赶回浦城为他老人家做寿。此前，我草拟了两条建议：一是宴请的对象为亲戚和祖父的老邻居、老朋友、老同事，二是来个新版的"十二件"。

经父母审定后，第一条顺利通过了，第二条却有长长的补充。

事后回想起来，当时如果真的按"十二件"办，很有可能出笑话。别人家的酒席都是二十几道菜，你却来个"十二件"，不是历史倒退了吗？说不定还会给我扣上一顶"吝啬鬼"的帽子呢。此外，由于亲朋好友都包了红包（尽管以后都退还了），还会让他人产生"借机敛财"的猜想。

我离开家乡在外地工作好多年了，每当走进豪华的大酒店，就常常想起家乡的"十二件"来。我怀念那纯朴与自然、节俭与实在的饮食文明。

碱粿金黄

张冬青

在省城福州多年，眼下想起来，所有吃过的食物中，最让我口齿留香的还就是小时候老家浦城的碱粿。

进了腊月，霜更浓了，大田里该收的也都收了，剩下的日子全部是为年准备的。乡人们一年到头背日头过山勤勉节俭，过年就是年终总结，是述职报告，子丑寅卯，要能上得了台面，看谁家的日子过得有劲道。于是，各家比赛似的杀年猪、蒸年糕、炒果子，年的气氛一天比一天浓郁起来。备年诸事中，最热烈的一项要数打碱粿。

腊月二十过后，大约在大寒和立春之间（这时节打的粿最宜存放），轮到当日打粿的人家早早将厅堂的大门敞开，两扇一人多高杉木大门板被拆了下来，主妇将门面用木贼草洗得发白，能见丝丝木纹，然后用矮条凳架起在清扫一新的厅堂边铺成案板，并把一只大柏楻桶摆在当中。旮旯里一两百斤重的大青石臼被挪到天井旁的明亮处，用清水洗过三遍，水汪汪的。黄檀木做的T字形打粿槌碗口般粗，斜插在石臼里，一副云雨初歇、欲罢不能的样子。一切准备停当，打粿的小伙就三三两两地来了，大多是二十上下的精壮小伙，也有经验老道的中年汉子，五六七八人，都是本村本坊的。打粿都是人情工，不计报酬，今天在你厝，明日到我家。

厨房里灶火哔啵，通红的火舌在灶前伸伸缩缩，有如那些满厅堂窜来窜去的顽皮小儿。前锅后锅的两个大饭甑陶醉在滚水里微微颤抖。眼见插在天井边的第二枝尺多长线香已快燃尽，为首的粿头（做粿师傅，一般为中年人）扔去手中的烟蒂，从厅堂里几大步踏进厨房，掀开一边饭甑顶上的尖头篾编甑盖，飞快地伸手撮出几粒放嘴边抿抿，然后大声叫"起甑"。于是，两大甑热气蒸腾的饭甑被众人抬轿般欢天喜地地抬到厅堂。蒸熟的两头翘翘的白花花的粳米饭倒进大槢桶，再把杂木灰滤出来的茶褐色山碱水一遍遍浇入桶内。粿头不断翻搅着，而后将铲尖举在唇边，伸出舌头舔了舔，觉麻涩有度，便说"使得"（碱校成了的意思）。此时，一旁等得不耐烦的众人争先恐后地行动起来，将黏结成堆的碱饭掰成一坨坨小拳头般大的饭坯团团放回饭甑里。饭甑搬回大锅里再蒸上一两个时辰，待到金黄流油的碱饭坯复搬入厅堂倒进大青石臼里，打粿便开始了。

打粿一般两人一组，分为上下手。上手在石臼边站稳，身子微弓拉成架势，双手紧握打粿槌长长的木柄。下手半蹲在地，两袖高卷，槌起槌落间腾挪着身子，飞快伸进手去翻着臼里的饭坯；间或带进碱水润滑槌头，以便打粿者槌落到实处。因此，乡人又把下手称为"救臼"。起初臼里的饭坯较松散，上手的十分劲便只用七分，槌下得沉缓，以免饭坯溅出臼外。随着饭坯逐渐黏稠成团，上手便放开了架势，胳膊抡圆了，双手高举过头，下槌也一下比一下狠，一下比一下急。粿打到惊心动魄的关口，一片"砰咚"声里，只见石臼之上飞扬着粿槌起落的半圆弧圈，石臼里的粿团像只被囚急了的金色小兔上蹿下突……粿打得热闹，就有邻居小女子倚在厅堂的门边，眼眸放光，暗下想这青皮真有气力，心里头就映下了那打粿小伙起伏的身姿。打粿也可以看成是乡村的成年礼。若有二八后生初次上阵，一人连着打两臼粿下来，气不喘汗不流，乡亲们就高看一眼，年后的工分值就可能与大人比肩。如果村子里有几家选在同一个日子里打粿，屋前屋后"砰咚"声四起，半个村子便洋溢着粳米和山碱混合的清香。

接下来，金黄灿烂的粿团被提拽到案板，粿头用刀切成若干小块（每块两三斤不等），众人趁热搓压成圆形或椭圆形的粿饼。成粿一个个放在洗净的稻草垫上凉透，硬实后再放碱水里养着。粿只要打得有筋头，再加上好的碱水，可从腊月一直吃到翌年清明前后，且粿的色道质味经久不变。当年，一气做下几百斤粳米碱粿的农户大有人在。

闽北的冬天阴冷，记得那时候上小学，小伙伴们大多提了火笼，书包里就塞了几片用芭蕉叶包裹的碱粿，下课了取出来放铁丝火笼盖上烤。烤软了，小伙伴们在未下嘴之前拽起来甩来甩去的，看谁家的碱粿筋头好。大人们去远山伐木或出山坯什么的，中午不回家，腰里就揣上团碱粿，歇工时用刀切成片在火堆里烤软，就点辣椒酱或下豆腐乳沾了吃，挺方便的。

碱粿除了独有的碱香味、易消化外，一大特点就是有韧性，小鸽蛋般大的热粿团扯成一尺多长的粿条终不见断，入嘴后温润可口，愈嚼愈有味，久食而不腻。因此，我们老家除夕年夜饭和正月里待客桌上必不可少的一盘点心就是炒碱粿丝。碱粿丝切成寸多长，筷子般粗细，金黄的一盘里间杂着赤橙黄绿——绿的是葱叶，红的是胡萝卜丝，米黄色的是冬笋丝，还有香菇和五花肉丝，实在是色香味俱佳。往往是热腾腾的炒粿丝一上桌，众人的眼睛就亮了。一双双竹箸前前后后地伸过去，若干条温软的粿丝就在箸间颤悠悠地晃着，像是夹了几条半醉的泥鳅，放嘴里抿着老半天舍不得吞下，真叫人回味。

童年记忆里最为隽永的一幕是和表舅上山烧碱灰。立冬前后，找一块杂木丛生的向阳坡地把柴草砍劈了，从上到下连草皮堆压在一起闷着烧。其时，田畴里的晚稻正在收割扫尾，夕阳晚照里我们收工下山，看着东田西田烧起的稻草烟气和这坡那坡烧碱灰弥漫开来的烟雾在山乡上空慢慢交织融合，青烟缭绕，大野流香，心头就升腾起无限的惬意。稻草和杂木焚烧后混合的气息沁人心脾，那是谷物和草木的精魂氤氲而成的，是农家世代绵延不绝的底气。

老家的碱粿还是打的吗？也不知乡人们立冬前后还上山烧碱灰不？

菽花如蝶

刘军

豆类，古时统称菽。甲骨文已有"菽"这个字，《诗经》里更是常见。如《小雅·采菽》："采菽采菽，筐之莒之。"说明先秦时代，采集豆类已是重要的农事。至汉代，菽有了种类的区分，汉《春秋考异邮》云："菽者，众豆之总名。然大豆曰菽，豆苗曰藿，小豆则曰荅。"在现代植物学分类中，豆类属于蝶形花科，或豆科下的蝶形花亚科。所谓蝶形，一朵花由一枚旗瓣、两枚翼瓣和两枚龙骨瓣组成，呈左右对称，看上去很像蝴蝶——大大小小、形形色色。

浦城这片丘陵盆地，土地平阔肥沃，5000年前即出现原始农业文明。又地处中原入闽交通孔道，各种豆类作物随南来北往的人流，陆续在这片土地上扎根。据《民国浦城县志稿汇注》"谷之属"之"菽"条，列出豆类如下："黑者名乌豆，可入药及作豉；黄豆、青豆、马豆可作腐造酱；白豆，一名饭豆；赤豆，一名沙豆，可作钑馅；褐豆、斑豆可作香豉；绿豆可作粉、作酒。邑中又有与麦同种同熟者曰麦豆。"可以说，各色大小菽蝶，很早以前便在吾乡山水间蹁跹起舞了。

如今的田园菜畦，随处可见缤纷的蝶姿。这里只撷取我喜食的几种。

豌豆

最早的蝶舞起于二月早春，它们是豌豆花。吾乡豌豆，过去以白花居多，近年多见红花者，开得比蝴蝶更轻灵绚丽：酒红色翼瓣中间抱拢，粉红旗瓣开展，似扇动的翅膀。

农人种豌豆以竹枝编篱。二三月间，鲜绿的豌豆秧在篱间缠起半人高，红花扑翅而起，似大群嬉戏的彩蝶。只是，蝶花为谁而开呢？

吾乡的野地，生长着好几种野豌豆，春天里开稀疏的粉红小花。豌豆却非由野豌豆驯化而来，其专有一属，原产地中海沿岸，汉代传入中国。东汉崔寔《四民月令》称䅿豆，豌豆之名则出自三国张揖的《广雅》。豌豆何意？李时珍解："其苗柔弱宛宛，故得豌名。"豌豆还称胡豆、回鹘豆，均表明其从域外辗转而来的身世。

豌豆与冬小麦同种同熟，故吾乡称麦豆，江南一带多有这种叫法。秋末冬初，农人在园子里播下豆种，年后起秧，早春飞花，清明前后便有新鲜麦豆上市。豌豆有硬荚、软荚之别，后者可连豆荚一起当菜蔬。吾乡所产大都传统的硬荚品种，农人将青嫩的麦豆拿到菜市，剥出豆子卖，也有连荚出售的。

麦豆一荚三五粒，豆粒珠圆青绿，有一股新鲜的豆香。麦豆可清炒，亦可煮瘦肉羹。麦豆焖糯米饭是浦城名吃，每年麦豆新出，母亲便会做给我吃。母亲将糯米浇山茶油热炒，入新鲜麦豆和肥肉丝，加少许水，用筷子搅匀，放铁锅里慢火焖熟。出锅的米饭油汪晶透，糯白间绿，鲜香诱人。

清明豆

清明豆乃吾乡叫法，大名菜豆，也称四季豆、眉豆或芸豆。乡人叫清明豆，因为它每年总在清明节前后上市。菜豆原产美洲，据说是全世界种植面积最大的食用豆类，品种繁多，形色各异，还有斑纹品种。菜豆大约明代传入中国，如今大江南北广为栽种。

我家宅院后面有一片菜地，一年四季郁绿葱翠。春天去那里散步，会邂逅几畦菜豆。菜豆分矮生与蔓生，乡人多种蔓生。蔓生须"架豆"，用竹竿，每苗一竿，一溜插好，豆秧沿竿子缠爬上去，很快爬满竿架，整片豆畦茂密得像一面绿屏。豆叶一茎三枚，花枝从叶腋抽出，梢头着花数朵，乳白色，朵小而卷曲，好似一只伤了翅膀的小蝶。蝶花边上，细绿豆荚已经抽出来了。

节气过了清明，春天接近尾声，菜市里清明豆上市。吾乡菜农所种大都是未改良的"土种"，荚短而深绿，买回家洗净，撕去豆筋，切段爆炒，入口柔脆无渣。

在吾乡，清明豆一年可种两季，称"两水"。第一"水"农历正月播种，二月架秧，清明节后上市。第二"水"农历七月初点豆，中秋节可吃到新豆荚，一直吃到霜降。一些来不及摘的豆荚就老了，老了就剥取豆子，晒干蒸熟了吃。

白豆子、花豆子

节气临近夏至，新鲜的白豆子就上市了。白豆子乃吾乡俗称，大名棉豆，亦称金甲豆，原产南美洲安第斯山脉，20世纪三四十年代才引入中国，今南方地区多有种植。

棉豆结荚扁平坚韧，像一枚青绿小刀，剥开荚壳，里面的豆子扁而白，乡人直观，就叫它白豆子。白豆子看上去与清明豆毫无相似处，却同属菜豆家族。然而，二者豆秧与花都很相似，皆藤蔓状，三小叶，花以白色居多，也有淡黄和淡红色，蝶朵很小，与菜豆花一般旋扭。

在吾乡，白豆子播种时间与清明豆同时，农历正月下种，五月间开花，六月以后鲜豆子上市，可一直吃到入秋。连续几场秋雨，老豆藤会再次开花结荚，直到初霜来临。吾乡人爱吃白豆子，新剥出的豆子白里透着嫩青，以青椒切碎清炒，色香味都全了。

花豆子为棉豆之一种。荚长一拃，豆大若拇指，有红斑。

豆子虽大，产量却低，成熟亦迟，每年早春下种，秋后方有豆子收成，农人并不愿多种。花豆子口感绵实细腻，为吾乡人所喜，虽然价格贵，新豆子上市人们总会买点尝鲜。花豆子煮红烧肉，可算浦城名菜。

豇豆、饭豆

豇豆依豆荚长短而分，长者超一尺，以嫩荚为蔬，叫豇豆；短者约三寸，以豆子入饭同煮，称饭豆。豇豆汉代由西域传来，为重要食用豆类，《本草纲目》曰："此豆可菜、可果、可谷，乃豆中上品。"一般人眼里，豇豆与菜豆应是同类，两种豆荚皆长条，只是长短有异。其实并不同属，看豆花就明了。菜豆花白色，小而扭结；豇豆花朵大舒展，呈素紫色，两枚旗瓣各有一粒黄斑，像蝶翅上一双夸张的眼睛。

豇豆乃日常菜蔬。过完元宵，吾乡菜农就会整畦下种。豇豆也须竹竿"架豆"，豆秧绕竿而上，一边开花，一边垂挂起纤长的豆荚。清明节前后豇豆上市，菜农两三天采摘一次，一季下来可摘十六七次。摘完豆荚，节气已近夏至，豆藤又会萌发新枝，入秋开花结荚，可再次采摘，菜农称回龙豆。豇豆采摘须及时，否则就老了，荚皮老皱煮不烂。小时候，我更希望母亲买到老豇豆，可将豆子剥出，用竹签穿成一串，入锅与豆荚同煮，熟了拎起来当零食。

在吾乡，豇豆只是寻常豆蔬，吃法比较简单。切段爆炒，再加少许水焖煮一会，即可摆上餐桌。或者干煸。总之，豆荚须萎软起皱更入味。豇豆可晾制豆干。我小时候也爱吃豇豆干，外祖母拿它蒸腊肉，油汪汪的豆干绵软入味，可让我呼噜噜扒下两大碗米饭。

饭豆，乃短荚豇豆，古称白豆，谓"粥饭皆可伴食"。豆秧丛生，夏末开花亦如豇豆，秋季结荚，长度只有豇豆一半。

饭豆荚偏硬，不宜作蔬，吾乡农人不愿多种。种者会留荚待老，熟后剥豆子晒干，以干货拿墟集出售。父亲说，豆饭是闹饥荒时吃的，粮食不够，只好拿豆子来补充，除了米中加饭豆，有时还加晒干的地瓜片。1960年前后，父母就经常吃这种加了地瓜片的豆饭。

现在，恐怕很少有人吃了。

绿豆、赤豆、赤小豆

绿豆、赤豆、赤小豆，三种皆豇豆家族成员，豆荚却都只一指长，细如钉，令人很难将它们与长条垂挂的豇豆联系起来。

绿豆原产印度次大陆，两千多年前便来到中国，称"菉豆"，最初植作绿肥或救荒。北魏贾思勰《齐民要术》云，植于桑树下，能"润泽益桑"。因易种短熟，可算救荒良谷，最终成为重要豆类作物，名气仅次于大豆。绿豆可食，可药，可制淀粉，可育芽菜，一粒绿豆子，被国人整出各种吃法与功效。《本草纲目》奉其为宝，赞它"真济世之良谷也"。

古人对绿豆品种作细致区分，有官绿、油绿、摘绿、拔绿之别。"粒粗而色鲜者为官绿；皮薄而粉多，粒小而色深者为油绿；皮厚而粉少早种者，呼为摘绿，可频摘也；迟种呼为拔绿，一拔而已。"

每年春末夏初，吾乡农人会在田间地头点种几畦绿豆。

入夏，豆秧丛生起半人高，茂密枝叶间开出黄色小蝶花，花卷曲，黄里稍带红粉。七八月间，豆荚陆续黑熟。农人采收下来，摊在谷席上晾晒，再用竹连枷将豆子打出来。炎夏，外祖母时常煮一锅绿豆汤，煮好放后院井里镇着，午睡醒来喝一碗，清凉解暑。酷暑天，街头有人卖绿豆棒冰。那人背一只木箱沿街吆喝："棒冰哦，绿豆棒冰——"打开木箱盖板，掀起棉垫，是码放整齐的冰棒，用薄纸包着。买一支，吸上一口，冰凉透心。吮下一粒绿豆，含嘴里抿开，豆泥腻滑微甜。

从小到大，我都爱吃绿豆芽。炒绿豆芽用韭菜，加点肥肉丝。农历七月半，乡俗吃薄饼，所用馅料亦是韭菜炒绿豆芽。绿豆芽是国人的发明，吃了上千年。明代诗人陈嶷有《豆芽赋》："有彼物兮，冰肌玉质。子不入于淤泥，根不资于扶植。"我写不出豆芽诗，我只喜欢它入口时的软爽清香。

赤豆又名红豆。豆秧子丛生缠绕，夏季开黄花，蝶朵扭结似小宝塔。九十月间荚熟，圆细似绿豆。赤豆如其名，豆子红色，吾乡称朱砂豆。赤豆原产吾国，古时称小菽、赤菽，种植历史悠久。

吾乡用朱砂豆煮稀饭，或以豆沙制甜馅。端午节，包朱砂豆粽子。乡人相信红豆子补血，最宜妇人，妇女生产，须吃朱砂豆羹调补身子。

赤小豆与赤豆，两种株丛相似，人常混淆。赤小豆多野生，亦有村人随种于地头畦边，茎蔓纤细缠绕，纠结成浓绿一堆。赤小豆亦夏开黄花，入秋荚熟，豆子却比赤豆细长，色暗红，还有褐、黑、黄诸色。吾乡所产多草黄色，称羊角须。医家收赤小豆入药，药效更胜赤豆，《神农本草经》《本草纲目》皆有载录。

刀豆

家父每年都会在院子里种一株刀豆。

刀豆如其名，豆荚逾半尺长，寸宽，荚盒革质坚硬，形似匕首，故又称挟剑豆。唐人段成式《西阳杂俎》云："乐浪有挟剑豆，荚生横斜，如人挟剑。"唐代的乐浪郡在今朝鲜域内。估计段夫子未做实地考证，刀豆原产地并不在寒冷的东北，而是热带东南亚地区，中国南方很早便已引入种植，以嫩荚及豆子作蔬。

刀豆作蔬口味一般，吾乡少有人种，菜市难得见到。偶有人园里种几株，多收作药用。据说刀豆能使人神志清醒、精力充沛，街头摆摊的药人常以干豆荚出售。家父种刀豆，亦只收老荚，与其他药草配伍，用来治他自己的胆囊炎症。

每年谷雨前后，家父在围墙根下挖一穴，播下一粒豆种。大约一周后，泥里顶出一只大脑袋，低垂着，似乎不好意思见人的老头。很快大豆芽张开嘴，吐出两片嫩绿的子叶，接着抽枝引蔓，一枝三叶层层铺开，绿荫覆满墙头。夏日里，绿蔓间挂起一串串白朵，花约指头大，旗瓣浑圆，翼瓣镰状弯曲，感觉不像蝶，倒像一只刚出茧的大白蛾。

刀豆有白花、粉红花二种，吾乡所种多白花。整个八月，刀豆都在开花。一边开花，一边挂起绿荚，初似小刀片，渐渐长成厚实的长匕首。十月秋寒，豆荚老熟，家父打掉残叶，只留下沉甸甸的大豆荚悬荡于老藤之上。霜降过后，将老荚从藤上摘下，挂檐下晾得枯黄，方才收入纸箱。这些宝贝，够家父一年所用。

刀豆未熟之时，家父也会摘几只嫩荚入厨，切丝熟煮，摆上家中餐桌。

扁豆

喜欢郑板桥的一副对联："一庭春水瓢儿菜，满架秋风扁豆花。"小满过后，我便在院墙下播了两粒扁豆。

扁豆，因其荚弯如眉，亦称眉豆、蛾眉豆，原产印度一带，大约汉代引入中国，南北朝的《名医别录》有载。

扁豆分红花、白花两种，红花者结紫红豆荚，或荚有红边，以嫩荚作蔬；白花者结浅绿豆荚，豆子白色，称白豆蔻，嫩荚作蔬，豆子入药，能健脾胃。吾乡两种皆有，以红花为常见。

院子里这株，亦是红花品种。小满种下，未到立秋，豆秧已绕竹篱爬满墙头，旋即抽立起粉红花枝。豆类作物中，扁豆的花事最纷繁艳丽，大群的粉紫小蝶扑翅扇风，纷拥抢上，在阳光下缤纷迷乱，让夏末郁绿的庭院变得格外热闹。

花正浓，荚已生，带紫的豆荚翘聚花丛。父亲每隔三两天便扶梯而上，摘小半篮嫩荚，母亲以红辣椒熟煮，格外入味下饭。扁豆高产，花多荚多，且生长期长，只需门前屋后种一两株，全家人便可从夏季吃到深秋。

大豆

在吾乡，大豆叫黄豆，嫩荚称毛豆，毛豆剥取的新鲜豆子呼青豆子。辣椒煮青豆子，乃吾之所爱。

大豆原产我国，名列五谷，大约有5000年的栽培史。吾乡荒地里生一种野大豆，草蔓纤弱，开小紫花，结细荚，和大豆的祖先是近亲。野大豆遍布大江南北，大豆生处皆故乡。

汉代以前，豆类统称菽，最重要的菽便是大豆。古人对大豆十分用心，每部分都有专门指称，豆曰菽，叶曰藿，茎曰萁。《诗经》曰："中原有菽，庶民采之。"《战国策》云："民之所食，大抵豆饭藿。"《植物名实图考》亦言："夫饭菽配盐，炊萁煎藿，食我农夫。"大豆自古便是百姓的重要食物。大豆不仅为农夫所重，士子归隐，也去种豆。陶渊明写《归园田居》："种豆南山下，草盛豆苗稀。"也许是文人不善稼穑，竟让一畦豆苗沦落荒草间。

如今，大豆已是世界性作物，不仅粮用，还制豆油、豆酱、豆腐、豆芽，各种豆制品不计其数。一粒小小豆子，让人绞尽脑汁弄出百般花样，可算人世间的草木宝贝。

吾乡种植大豆的历史已难考证，据《浦城县志》载，有田埂豆、马豆、山豆诸类。田埂豆顾名思义，多植于田埂，为春大豆类型，每年与早稻同播，有六月爆、八月黄、老鼠牙等多个品种，以六月爆为著，其豆珠圆金黄，粒大而早熟。马豆系秋大豆，有白麻豆、红花麻豆、神仙豆诸种，于早稻收割后播种，冬季收成，乡人多以成片田地种植。山豆则垦山地而播，多与玉米、地瓜等杂粮套种。

读中学时参加学校农场劳动，曾种过六月爆。依田埂挖穴，每穴一勺底肥，扔一粒豆种，覆一层薄土，就算点豆完成。豆种迅速发苗，续而成丛，丛间簇开粉红小花。大豆花可算豆类中最小，比豆粒还小，须翻开叶丛，定眼凝神方可看清芳容。农历六月，田间禾谷青青，豆荚却已黄熟。连棵拔起，摊放谷坪暴晒，无须连枷，豆子就会自己从卷曲的荚壳里"爆"出来。

小时住乡下，那年代食物匮乏，黄豆是孩子最容易获取的零食。去亲戚家做客，主人会抓一把黄豆，投锅里以盐水爆炒。炒熟的黄豆焦黄油亮，丢一粒嘴里，香脆爽口，若再加一把苦槠或南瓜子同炒，更是美味。冬天，屋檐挂下长长的冰凌，孩子抱一只火笼坐门槛上，将黄豆一粒粒投入火笼，烤熟的黄豆从火灰里炸出来，噼啪有声。乡人还以脆菜煮黄豆，晾干，既作孩子零食，又可用来下饭。

这些童年豆食，而今，又有谁和我一样记取呢？

浦城酒文化

姜曳

老话说：无酒不成宴。"梦笔生花宴"自然少不了浦城好酒相伴。

浦城人酿酒，最早应为距今3000多年的西周时期。仙阳镇管九村社公岗土墩墓群出土的青铜尊，就是一件酒器。

尊，是盛酒之器，祭祀燕享通用之。其形如截筒，口稍敞，肩部稍收缩，腹部呈圆肚形，圈足。不过，只有贵族才有资格享用，庶民和奴隶是享受不到的。

到了西汉，浦城人喝酒的风气较普遍，酒器也趋向大件化。仙楼山下，锦城汉墓，都出土了陶制的酒器——匏壶。

匏壶，小口，长颈，大腹，平底，肩附双耳，造型模仿瓢瓠子的一个品种，浦城人称葫芦匏。葫芦匏是爬蔓草本植物，果实可做蔬菜，老熟后可做舀水工具。《诗经·豳风》曰"七月食瓜，八月断瓠"，指的就是葫芦匏。浦城的农贸市场也是在农历七八月份才能见到葫芦匏，但种植量日趋减少。

在宋朝，商品经济发达，客旅商铺、茶肆酒楼如雨后春笋般多了起来，官场上迎来送往的也就多了酒宴。

宋淳熙五年，也就是1178年，爱国诗人陆游受命提举福建常平茶盐公事，夜宿渔梁，留有诗作《道中病疡久不饮酒至渔梁小酌因赋长句》："我行浦城道，小疾屏杯酌。癣疥何足言，亦复妨作乐。此身会当坏，百岁均电雹。胡为过自惜，惫卧困针烙。未尝脍噞喁，况敢烹郭索。今朝寓空驿，窗户骄寂寞。悠然忽自笑，顿解贪爱缚。红烛映绿樽，奇哉万金药。"诗说的是陆游当初在浦城渔梁驿喝酒的景况，浦城的酒在陆游的眼里成为他当时万金难买的良药。

莲塘镇颜处村一座宋墓，出土一件青白釉执壶，高流高柄，瓜棱形腹，圈足。墓主人可能嗜酒，后人便以墓主人的实用器物陪葬。莲塘镇吕厝坞墓群，清理时发现一号墓有盗洞，盗贼借酒壮胆，把墓里的文物盗走时，把酒壶丢进墓里。这把酒壶，青瓷质，腹部八连弧起脊，有刻花，若不是稍有破损，也是一件观赏价值很高的文物。

到了明代，朱元璋重农抑商，有"金崇安（茶叶），银浦城（大米），铁邵武（铁器）"之说。浦城的稻谷产量丰足，粮食吃不完，就在酿酒上找出路，于是就有了谷烧白酒。而用白酒和米酒勾兑的酒，其味醇厚，色似琥珀，浦城人称之包酒或七斗金。林则徐的同窗好友——历任江苏巡抚、两江总督的梁章钜侨居浦城必饮此酒，并赞曰："余谓必求琥珀光者，唯浦城之红酒（包酒）足以当之，似此色香味俱佳，再藏得五年以外者，当妙绝天下矣……若处置十年，恐海内之佳酿无能出其右者矣。"

改革开放后，人们的生活显著提高，酿造米酒成了家家户户必行之事。

农家酿酒一般都用一袋糯谷，约合70斤糯米，酿好的酒，装入陶制大缸中，内设一酒抽，掐酒时可使酒汁与酒娘分离。酒娘可分三次兑水：头道酒，宴请宾客用；二道酒，浸豆腐乳、豆豉；三道酒，烧有腥味的食物（如鱼、虾、泥螺、泥鳅等）用。人云越人喜食腥物，放了料酒、姜、辣椒，何腥之有？

随着生活水平普遍提高，酒宴的名目逐渐繁多起来。不过浦城人性格敦厚朴实，酒桌上有敬酒但不勉强客人一醉方休，这与古训"渴时一滴胜甘露，醉后添杯不如无"有关。

而酒糟，被能干的主妇们炮制成酒糟饼。做法是：酒糟里加入糯米粉、辣椒粉、食盐在锅上炒熟，待凉后制成馒头状，然后切片晾干。在外地发展的浦城人回家过年，走时都爱带上一些酒糟饼，早晨吃稀饭、晚间小酌，炸上几片咸辣香酥的酒糟饼，思乡之情油然而释。

红烧肉悦话

余荣军

说起红烧肉,说着说着就会口舌生津,兴奋不已。如果有人问我,什么是心中的美食,我会脱口而出:红烧肉。如果有人问我,什么菜全国第一,我会毫不犹豫地告诉他,当然是红烧肉。

红烧肉情愫,烙印于心,抹之不去,已然成了我成长经历中的一道绝美的风景,且时看时新。我出生在浦城县永兴镇一个叫前墩的村子里,从懂事起就觉得红烧肉美味。每当村里晚起炊烟时,我能闻到哪家在烧肉,那香味总会让我流口水。但总是有整月不知肉味的时日,幸好门后是条河,可在河里捣弄点小鱼小虾,摸点螺蛳什么的来解馋。不过,只要村上有人杀猪,妈妈总会想办法去买上一条五花肉回家做红烧肉,说是给我们补身体。这一天,我会很听话、很小心地乐着,生怕惹祸,把快到嘴的肉弄没掉。这一天,我会吃得满嘴流油,小肚子圆滚滚的,异常开心。有一年暑假收稻谷,抢收抢种赶季节,叫亲戚来相帮,晚上自然要打酒割肉招待。在桌上,我和舅舅打赌,他喝一杯酒,我吃三块肉,那晚舅舅喝醉了,我却大饱口福,什么事也没有。为了吃红烧肉,只要村里人请席,我就会赖着跟爸妈去吃。家家的宴席都离不开一碗红烧肉,吃了很多家总觉着都比不过妈妈的手艺,我问妈妈有什么秘诀,她说是外婆教的。难怪我每次去外婆家吃饭,她总夹红烧肉给我吃,我也总吃得不亦乐乎。难怪外婆总说,没肉吃就是没菜吃,没肉吃孙子长不大,她老人家90多岁了,还是耳聪目明腿脚利索。

我想，红烧肉应是长寿之食，这也是人见人爱的理由之一吧。

随着我长大，外出读书、工作，红烧肉这道风景在时空上又得以延伸。我这些年去过一些地方，也尝过不少地方菜，不管走到哪里，总要尝尝红烧肉这道家常菜。寻味之旅的目光依旧是那么单一而执拗。兴趣使然，我会关注网络、媒体、书籍中有关红烧肉的文字。其实，大江南北都有红烧肉这道美食。苏州叫腐乳肉，加了红方豆腐乳。杭州叫东坡肉。上海本帮菜中的蜜制肉很甜。鲁菜的红烧肉咸香。川味罈子肉加了花椒有点麻辣。湖南毛氏红烧肉不加酱油，但会放辣椒。淮扬菜作为国宴指定菜，国宴菜单中也有红烧肉，叫肴方肉。孔府家宴上红烧肉是当家菜。曾听说江南首富周庄的沈万山总用红烧蹄膀待客，人称"万山蹄"。看来红烧肉既有阳春白雪之雅，又有下里巴人之俗，无论什么叫法，烧制方法大致相同，味道也大同小异，南方红烧肉口感鲜嫩，汁多味美，偏甜；北方红烧肉口感醇厚，浓油赤酱，咸香。

说起红烧肉，一定会想到几百年前的美食达人苏东坡。他的一生基本上是在流放中度过的，颠沛流离中不但写出了"大江东去，浪淘尽，千古风流人物"的豪放之气，也写出了"竹外桃花三两枝，春江水暖鸭先知。蒌蒿满地芦芽短，正是河豚欲上时"的日常生活。他的一首《猪肉颂》为人所赞："净洗铛，少著水，柴头罨烟焰不起，待他自熟莫催他，火候足时他自美。黄州好猪肉，价贱如泥土，贵者不肯吃，贫者不解煮，早晨起来打两碗，饱得自家君莫管。"有人说这首诗不像诗、词不像词，土得掉渣，而又偏偏流传甚广。在苏老夫子看来，没有什么苦难是一碗猪肉不能化解的，有趣吧！其实，他还有一首猪肉诗，我觉得可以收为菜谱，诗云："无竹令人俗，无肉令人瘦，若要不俗与不瘦，除非天天笋烧肉。"清代吃货李渔也在《闲情偶记》中说，笋和猪肉是天生绝配，笋吸肉之油，肉润笋之鲜。真的那么好吃吗？谁来证明呢？机缘巧合，还真有其人。

近期浦城举办"梦笔生花宴"美食评选活动,有一道菜被收入美食名录,菜名叫"赛蹄膀"。获奖厨师叫揭志强,是浦城昇辉大酒店的副厨师长。为什么叫"赛蹄膀"?他说,因为膀蹄肥的太腻,瘦的太柴,用五花肉做的红烧肉就不会那样。但做的工序多,从烧制到上桌要三天时间。第一天,五花肉切成12厘米的四方块,五十多块一起烧,不焯水,洗净放大锅烹制,大锅煮肉可以互相借味,加福建老酒5瓶,冰糖若干,翻炒至糖化酒融起锅,再放至大盆中用薄盐腌制一天。第二天,加卤料卤4个小时,约七成熟,凉透后速冻一夜。第三天,肉化冰后切成厚肉片,用水发的山下乡闽笋干铺底,再铺上厚肉片后煲约10分钟即可出锅上桌。这位揭大厨用他的妙手厨艺,把苏老夫子的诗诠释得如此精到,也把袁大才子的笋肉鲜食之话证明了,这就是食缘啊!这道菜成了顾客进店必点的招牌菜,男女老少都喜欢吃,卖得多,卖得快。

红烧肉红红火火千百年,已然成了国人之所爱。无论身在何处,吃红烧肉时总会想起家,家乡的记忆弥足珍贵。

一代天椒

蔡旭麟

偶然的机缘，在美食评选的现场，一道名为"一代天椒"的菜品，顿时让我眼前一亮，舌底生津。那久违的味道，久远的记忆，伴随着惊喜不已的心情，从遥远的时空翩然而至……

不知哪位大厨取了这么个雅致的菜名，其实它就是土得掉渣的炭火煨辣椒，浦城方言叫"煨番椒"。据闻，原产于南美异域的辣椒，于明朝末年传入中国，经过数百年的本土化栽培，早已成为国人餐桌上一道平常而又醒目的菜肴，更多时候，它作为各种食材烹制的配角，可谓是"倾情不怕千刀碎，佐料尤调百味丰"。起锅后，用白净的瓷盘或瓷碗盛装，红绿辣椒相间其中，煞是好看，不动碗筷，就先在"色"上拔得头筹。

吾虽谈不上嗜辣如命，却情有独钟，辣椒酱拌饭也能吃出山珍海味的感觉，让每个毛孔透出香辣，让细密的汗珠爬满额头，方才过瘾。较之"煎、煮、炸、腌"等做法，选用当地培育的土椒，从菜园摘一把洗净去蒂，颜色青绿，细长柔软，用炭火煨熟后食用，味道尤佳，令人大快朵颐，全然不顾火气大，不管泪满眶。

早年，城乡都有烧柴火灶，一日三餐，人间烟火。等饭菜热气腾腾端上桌，灶间的炭火还扑闪着火苗，正是煨辣椒的好时机。如今，脑海中常常翻腾着这么一幅情景：系着黑色围裙的外婆，手脚麻利地将事先准备好的青椒，放到火铲上，送进灶膛，不多时，煨熟的辣椒外焦内嫩，火候掌握得恰到好处，轻轻拍去黏附的白炭灰，将辣椒手撕成丝片，也有用刀切得细碎，浸泡在家酿的酱油中，再依据各人口味，加点麻油或熬制的猪油，香喷可口，香辣诱人，白米饭都比平常多干两大碗，一边是挥汗如雨，辣得直吐舌头，一边是挥筷如飞，时而咂巴着嘴。

随着"厨房革命"的深入，城区人家几乎都用上电力、液化气或煤气等能源，从此，炭火煨制的辣椒，告别了县城大大小小或方或圆的餐桌，留存在了人们根深叶茂的乡土记忆中，成为一种独特的乡愁。所幸的是，乡村有些农户"涛声依旧"，还在使用柴火烧饭。倘若在"把酒话桑麻"的农家院子里，突然端上一碗"煨番椒"，定让来做客的爱辣人士喜出望外，也许会禁不住，像古典名著《水浒传》中鲁智深一般大吼："好久没尝，嘴里都淡出了鸟来！"

铭刻在脑海中一次食欲大开的经历，是在乡镇挂职的那年盛夏。有天正午，赤日炎炎，我独自一人，躲到机关食堂的厨房里，坐在齐腰高的长条形的案板前，大汗淋漓地吃着中饭，脸上流淌着的不知是汗水，还是被辣呛出的泪水。我就着一碗刚煨好的番椒吃得正欢，不多时，薄衫湿得能拧出水来，索性脱了上衣，光着膀子，"嘘嘘"连声，惬意地享受着这够威够力的辛辣，最后连辣汁都浇到米饭吞进肚里。屋外热浪翻卷，屋内汗流浃背，构成了一幅鲜明的生活画面。

当众多评委为"一代天椒"打下高分，工作人员将其端到品尝区后，我快步上前，迫不及待地夹起一筷送进嘴里，那沉落到岁月深处的人间至味，如潮水一般涌向舌尖……

西山墨蹄

周海玉

随着浦城"梦笔生花宴"美食大赛的灶火关熄,被选入"梦笔生花宴"美食名录的 50 道美味新鲜出炉。让人意想不到的是,"西山墨蹄"荣登高分榜。获奖厨师叫徐翠芳,她不是酒店的大厨,而是一位家庭主妇。徐翠芳虽不是酒店大厨,但早年在南浦溪边开了一个溪鲜店也是生意红火的,她既是老板娘又是厨师,有点小名气,烧的河鲜很地道,烧猪蹄也是一绝,不管白水还是红烧,人吃人爱,回头客很多。有一位老者问她,会乌饭汁烧猪蹄吗?她听呆了,说只会烧乌米饭。猪蹄用乌饭汁烧能吃吗?老者二两酒下肚,讲了一个南宋大儒真德秀用乌饭汁闷猪蹄招待客人的故事。南宋大儒真德秀在一次文友聚会时,让家厨阿满上了一道乌饭汁闷猪蹄,让客人吃得满口生香,边吃边问此菜何名。真德秀说,这是用后门山的乌饭汁烧的猪蹄,你们觉得好吃,趁此聚会,请赐菜名。好友叶绍翁,就是写下"应怜屐齿印苍苔,小扣柴扉久不开。春色满园关不住,一枝红杏出墙来"的大诗人,说叫"西山墨蹄"如何。西山乃真先生之号,墨即乌黑也,猪蹄染墨,文趣也!顿时席众拍手称好。从此,这道家常菜有了一个文雅的菜名。但宋朝人以牛羊肉为主流菜,如此美味只有浦城坊间知道,并没有流传下来。说者无心,听者有意,过后,徐翠芬试做了这道菜,开始只做给朋友、熟人尝,后来朋友邀朋友、熟人传熟人就传开了,回头客一来都要点这道菜。大家听说县里要搞美食评选活动,一直鼓励她去参赛,没想到竟得高分，也算是歪打正着了。

西山墨蹄这道菜真的很好吃。关键是两种主材是绝配。猪蹄美容养颜，强身健体，富含胶原蛋白，但油脂高、胆固醇高，而乌饭汁养血清热，去油脂，还可改善消化不良，真是奇妙的组合！这可真是爱吃猪蹄者之福啊！

有专家提议，把猪蹄骨头取掉，不但摆盘好看，而且宾客也吃得雅气。徐大厨轻轻地说："啃猪蹄就是一种乐趣，没有骨头还是猪蹄吗？人家真德秀当了宰相还吃呢！"评委评语是："食材鲜，工艺精，菜名美。"真应了一句老话：高手在民间。

炒米情愫

刘秀清

浦城县管厝牛鼻山考古新发现成果斐然，直接把闽北农耕文化推至五千年前。而我却在大量的信息中只对两粒碳化米产生了兴趣和遐想：这两粒米是炒熟的吗？我们的祖先吃炒米吗？

看《板桥家书》，其《范县署中寄舍弟墨第四书》写道，天寒冰冻时暮，穷亲戚到门，先泡一大碗炒米送手中佐以酱姜一小碟，最是暖老温贫之具。郑板桥是江苏兴化人，当地百姓竟将炒米作为待客之佳点。我不知道作为中国稻米之乡的浦城有无此习俗，但知道炒米是我童年的美食，炒米情愫如云层中的阳光，总在不经意间温暖着我。少时家贫，少油易饿，妈妈会炒上几斤米，用锡坛装好，上学时用小布袋装一点带上，在课间避开同学往嘴里塞一把，炒米的香被同学闻到了，只好分出一些，家境好的同学会拿饼干和我交换。同学们的喜欢，让我自卑的心慰藉了许多。

小时候总盼望着过年，过年时妈妈会买点糖油做米焦糖吃，我们称之为"糕糕糖"。这可是炒米的豪华版，又香又甜，但要招待亲戚朋友才能傍边吃上。我总想能够把糕糕糖吃个饱，那才叫过年啊！

11岁那年，大溪沿的小伙伴邀我去城郊砍柴。头晚妈妈专门炒了一斤米，早晨五点钟天还没大亮，就背着炒米和水壶出发了。砍柴的地点是一个叫铁索岭的山上，大约15里地，到了山上又饿又渴，便把炒米和水吃了大半才开始砍柴，灌木丛中的茅刺让我的手脚都割出了血……挑着柴火回到家已经是晚上十点多了。妈妈抚摸着我身上的伤痕，含着泪水默默地帮我称了下柴火——19斤。这可是我的第一次，虽然吃了一斤炒米。

岁月如炒米的细沙匆匆流漏，家境渐好，妈妈煲的胡椒猪肚汤冲炒米总是让我馋涎。每次回到家时，妈妈盛起滚烫的猪肚汤一大碗，抓一把炒米放进碗中，顿时，胡椒的辣味直冲鼻腔，眼泪止不住盈眶，猪肚软糯、炒米酥脆、胡椒香辣，充盈在舌尖，太好吃了。妈妈则站在面前，看着我的吃相眯眼微笑。

我总是在想，什么是幸福？幸福就是能吃上妈妈煮的饭菜，哪怕是一把炒米。如今炒米不愁，猪肚也有，胡椒还辣，可妈妈不在了，要吃只能在梦呓里。

炒米情愫，欲语凝噎。

浦城肉饼

徐显龙

西、南、北三向入浦城的道路在莲塘村口会合。常年把守这三个路口的，是五家肉饼摊。

这日近年关，莲塘的甘蔗都集中在南边路口贩售。过年用甘蔗供神、待客，是古已有之的习俗。今年的甘蔗摊似乎从容许多。相较蔗摊的冷清，肉饼摊倒一直火热。

肉饼的香味，借着从贴饼缸炉底部腾起的炭火热流，源源不断地四散开来，往路人鼻里钻。人们纷纷驻足："出炉还要多久？"摊主口中道着"马上马上"，手上包馅的活儿可不停下来。

浦城是福建大米的重要产区，自古便有"浦城收一收，有米下福州"的俗话。在浦城人的饮食结构里，米占据的分量不言而喻。即便逢年过节要做类似面食的点心，也都是以米粉或米浆来制。但肉饼是以面粉作为主料的，这与它的历史渊源有关。

做肉饼的设备、工序尽管不复杂，但需有一定经验的烧饼师傅才能制作出好的量产货，普通人家不会为了这点零嘴儿专门添置。因此，肉饼摊便与几代人馋嘴的童年难舍难分。

姑姑说，20世纪70年代末80年代初，她总盼着十里外的下沙村的"塌鼻大叔"挑着担子来卖肉饼。长久的跋涉，肉饼在塌鼻大叔的货郎担里已经失去了香脆的热乎劲儿。不过对于寡淡日子里没有零食的村童们来说，这已堪称美味了。塌鼻大叔大约一月来一趟。村童们可不会放过机会，吵嚷着向父母要两竹斗（竹筒）米换饼吃。

其时，一竹斗米约半斤，值五分钱。在普遍贫困的年代，谁家也没有多余钞票可供买零食，故而农家以米易物，已成惯例。村童们的愿望可能会被节俭的父母残忍拒绝，但年岁稍长后，他们便会背着一星期的口粮寄宿中学。浦城的各个学校边上，一定会有肉饼摊的。每每学生经过，摊主便用扇子将缸炉里冒出的热气往外赶，馋得学生仔直咽口水。这样的事情，十年前还作为我一个朋友向家人讨要零花钱的有力论据。据母亲回忆，家里一般都计算好娃儿一个星期所需的米，故而不乏有人在以米换饼之后，连饿好几天肚子的经历。

如今，一张饼两块钱，这是春节期间的价格，平时一块五。游子都回乡了，作为承载乡愁的美味，肉饼不愁卖。彼时还是中学生的我，切身体会到"货币贬值"，便是原本或八毛或一块的肉饼涨价了。

付过钱便围着摊位等着出炉。肉饼摊结构简单，一台、一缸炉而已，台上做，炉中烤。摊主从发了半小时的面里揪出小团，摊开，包馅。馅儿是拌葱花的肥肉粒。面团包好后被掐成碗状，倒扣在工作台上。饼面皮薄得透出馅儿的颗粒感而不破，饼底皮略厚。擀成饼坯后，摊主以擀面杖的尖头往饼心轻轻一扎，完成制饼。

可别小看这轻轻一扎。当你吃着正面圆心带点状凹痕的肉饼时，可能不知道这是延续了四百年历史的胎记。

浦城人所谓的"肉饼"，其实是福建"光饼"的变种。光饼传说是戚继光（吃面食的山东人）在福建行军时发明的。饼中有孔，便于穿绳提携。当然，这道程序还有另一个功能是防止饼面经火烤后中间发泡。

擀好的饼坯淋过水后有了黏性，摊主躬身探脑一张一张往缸炉内壁中贴。缸炉三四尺高，柱形洋铁皮外表，内含一瓮，瓮底炭火烧得通红，饼在瓮内，少顷即熟。摊主探入一铲一勺，将饼一个个铲到勺内捞出。每捞一勺三五个，立马就被食客们瓜分。已经交完钱的，拿起纸袋一装一沓，转身就往家里送。

烤好的肉饼，如福安光饼（明代至今不变的"戚公饼"）一样，"铜脸铁底棉花心"：铜脸——饼面焦黄，色似古铜；铁底——饼底硬而韧；棉花心——饼内松软可口，略带咸味。福安光饼没有馅儿，浦城肉饼倒是有馅儿，轻轻一咬，饼面脆开见肉，经过火烤，肥油都已渗入饼中，热乎乎的香气直往上冒，吃得享受！

外公在世时，喜欢吃肉饼，但因火气较大，家人严格管束。一日我放学回家，见外公在饼摊旁，喊了他一声。他此时刚捡起一肉饼往嘴里塞，见了我立时面露惶恐。我心生怜悯，骑着自行车倒也没停下。待外公回家时，嘴上一丝油迹不挂，想来一定是仔细擦过——吃完肉饼，一定是"油嘴滑舌"，余韵绵绵。

"肉饼摊都要被扛走了。"饼摊旁的蔗农望着围购的人群，不无眼红。"一炉三十个，六十块钱；一上午能做三百个……"嘴上计算着，手中却也掐着两块钱，想着尝尝那口热乎劲儿。

芋求芋取话当年

谢荣华

文友说要写一篇最喜欢的浦城菜或浦城食材的小品文，我当即答道："芋子汤浇饭，爷囝都不肯教。"

能上餐桌下饭的最好食材是芋子。洗净、煮熟、剥皮、切块，下到滚沸的汤锅中熬，熬到菜完全盖过饭香时，就可起锅上桌了。上桌后的情景是一片稀里哗啦风卷残云，母亲则又该为往后日子的粮食不够吃而自责了！可又有谁能品味出母亲的艰辛呢？

那时候山下公社刚从临江公社剥离出来，丁字形的小街两侧尽是竹篱竹瓦的房舍，平时静得连路过的狗都要尽可能地竖起双耳夹着尾巴穿行过去，生怕拦腰挨上一闷棍！

到旧历的初三、十三、廿三的墟日里才有粗菜卖，多的是竹笋、笾头、辣椒一类山里货。前两类粗菜吃多了"咬肚""刮油"，令人饭量猛增，吃得再撑仍没有饱腹感，能产生些许饱腹感的只有辣椒汤浇饭。这东西好存放，堆会议室木板楼一角，十天还硬撑撑的。

好存放的当然不止于辣椒，芋子就是想当然的首选粗菜。

可是搜寻遍了整个墟场，就是没一家卖芋子的！到地头求购，被告知煮这道菜连油都省了，他们是断断不肯卖的。

是啊！白菜萝卜，青椒茄子，不沥点油下去会巴在锅壁上焦黄变味。芋子可不同！煮它，即使不放一星半点油料，仍是香喷喷的一锅芋子汤！

同为管家人,母亲何尝不理解个中滋味?个别农户碍于面子,有时也会卖给我们三两斤。

扒开芋子带出泥,童年的记忆迅速溢出,填满了百会穴。

而今商品经济蓬勃发展,由买方需求主导下的农贸市场中要什么有什么。可是从农贸市场买来的芋子下锅煮食,全没了"爷囝都不肯教"的滑腻与糯香!我不信邪,租了一片地,摈弃各式农药化法,以古法下基肥和追肥,终于芋子喜获丰收!煮汤细品——哇!还真是记忆中的那个味儿!

战饭牯——浦城"干饭人"

詹翔

浦城山延两脉、水注三江，地广土沃。县西北接武夷山脉，东北延仙霞山脉。县域内大小溪流共计114条，源起忠信镇雁塘村柘岭的溪流汇建溪注闽江，源起忠信镇际洋村石子岩大福罗峰的溪流汇衢江注钱塘江，源起官路乡王村村的溪流汇信江注长江。县域面积3383平方公里，耕地面积55.47万亩，全县达到一等土壤环境质量标准，耕地土壤质量以中上等为主。水、土资源如此丰富的浦城县，配得上您竖起大拇哥称一句"鱼米之乡"。

浦城县虽然地处南方，但却是福建省内罕有的几乎每年冬季都会降雪积雪的城市，"瑞雪兆丰年"这句广为流传的农谚一般适用于北方，用在浦城竟也是如此贴切。冬季里飘雪最是利于农作物的生长发育，去虫害，蓄水分。土地肥沃、溪流交错、四季分明，得天独厚的地理环境和气候条件，孕育了浦城丰饶的物产和悠久的农耕文化。

浦城大米久负盛名，自古流传"浦城收一收，有米下福州"。大米分为三大类——籼米、粳米、糯米。籼米和粳米为日常饭粥，我国素有"南籼北粳"的种植习惯。浦城介于海洋性和大陆性气候之间，地势相对高低悬殊，寒暑殊异，干湿明显，日较差大，立体气候显著，种植"籼、粳、糯"皆可丰收。2018年，浦城县管厝乡党溪村牛鼻山遗址探沟出土了距今约五千年的炭化水稻，是我国南方地区发现的最早的水稻标本之一，经鉴定为粳米。宋人黄震《古今纪要·卷十九》记载"陈襄……浦城簿吏……教种糯以免酒材破家之苦"，是为糯米。清人陈梦雷《古今图书集成·博物汇编·草木典·第二十七卷·稻部汇·考三》记载"浦城县土产小早，九十日熟，米有赤白二种，无芒。六月收大早，一百二十日熟，米有赤白二种，无芒，白籼早，龙凤早，师姑早，白芒早"，是为籼米。

众所周知，籼米松软、粳米润滑、糯米甘稠，蒸、煮、焖、炖、炒、焗、烩等，不同品种、不同烹饪手法纵享不同风味，然独以"饭"为食之本也。清人袁枚《随园食单》云："饭者，百味之本……饭之甘，在百味之上。"亲爱的"干饭人"，只要你到浦城来，田头、灶头、碗头，一条龙服务到胃，安排！

浦城大米是如此历史悠久和丰富多产。家有余粮，吃喝不慌，勤劳智慧的浦城人民除了用大米作主食填饱肚子外，还变着花样儿地创作出各种各样点心零嘴，为每个重要日子都配上了专属的米食。比如春节的年糕、清明的鼠曲粿、端午的粽子、立夏的丸籽、七夕的相好粿、七月半的油火粑、中秋的米酿、冬至的麻糍等，还有生辰的千层糕、卒日的老侬粿……从呱呱坠地，历经无数个或欢喜或悲伤的节日，直至往生极乐，浦城大米一往情深地伴随着每个浦城人的一生。

小时候不谙世事，成天和小伙伴们上蹿下跳，只知寒暑，不记春秋，过着"山中无历日"的快活日子，是外公外婆嘴里叫得紧的"战饭牯"——光吃饭不长记性。每年浦城冬季第一场雪，恰好都在将将接近我生日时（农历腊月初）。年少记忆中，在穿上厚棉袄，最是手冻脚冻时分的某日中午，外公就会骑着一辆永久牌二八大杠，从仙阳出发踩35里路到我家来，后座上一个大篾筐，绑着扎扎实实的麻绳，盖着严严实实的纱帕和塑料布，上面或是落着些冷雪，或是积着些冻雨，里面一袋一袋地装满了米焦糖、禾花糖、糕糕糖、花籽、雪片糕、油麻酥……压筐底的必定是一方丹桂千层糕。这些足以令"战饭牯"们垂涎三尺的零嘴点心统统是外婆亲手用浦城大米做的。午饭后快上学时，外公的永久牌二八大杠后座放着空篾筐，前杠坐着小小的我，踩到实验小学门口放下我，笑眯眯地说一句"又要长大一岁啦，好好读书哈"，再跨上永久牌二八大杠踩35里路回仙阳。过不了三五天，饭桌上会加一大盘丹桂千层糕，我就知道这天是我的生日了。

现在的我又是时常记不住自己的生日，总是要等到腊月初忽一日从天而降的雪花提醒，才记起那句"又要长大一岁啦"。年纪大了，忘性这是愈发大了，小时候的遥远记忆模糊而零星，外婆用大米做的各色零嘴点心、丹桂千层糕和外公的永久牌二八大杠，还有那两场想忘也忘不掉的老依粿，是心底为数不多的清晰沉淀，真真是活成外公外婆嘴里那个光吃饭不长记性的"战饭牯"了。

"民以食为天"，浦城大米是浦城人的"天"，在广阔的祖国大地上，浦城大米又仅仅是"中国人饭碗"里小小的一粒米。所谓"中国人的饭碗要牢牢端在自己手中"，正是这一粒都不能少、不能小。"悠悠万事，吃饭为大"，身为福建粮仓、全国商品粮基地县、全国产粮大县，保障粮食安全是一个永恒的课题，任何时候都不能放松。

"读书人就该有肉吃"

余秉东

20世纪90年代初的一个周末午后,阳光明媚。十来岁的我正盘算着一件事儿,但仍努力抑制着内心的悸动,装着很认真地在屋里看书、写作业。正是农忙时节,家家户户忙着收割稻谷。午饭后不久,大人们外出干活了,等他们前脚刚走,我后脚就出了房间,往右厢房二叔家走去。

乡村人家白天都不上锁,我推开二叔家虚掩着的门,蹑手蹑脚来到他的厨房。这天,二叔家请人抢收稻谷,二婶中午做了一桌子的好菜款待来帮忙的人,我父亲也在列,因此那天我也上了桌。对面的一盘酱色五花肉让我挪不开眼睛,半肥半瘦的肉块,油光发亮,香气四溢,看上去软烂得很,连肉皮都那么晶莹诱人。大人们聊着当年收成和稻谷的收割进度,根本顾不上我。可惜我当时个子矮小,手臂太短,性格又过于内敛,一顿午饭下来,只吃了摆在自己面前的几样菜,什么味道全记不住了,心里只惦记着那盘肉,却一块都没享用到。我放下碗筷的那一刻,午后的偷吃计划就诞生了。

二叔家的厨房狭长,橱柜放置在灶台旁边,二婶做饭时转个身就可以取到里边的调料。我搬了一张矮凳子在柜前,打开柜门,从一旁竹筒子里抓来一双筷子,直取那盘五花肉。

我本打算只偷吃一点,可那肉块外咸内鲜,一口咬去嫩而多汁,软糯不腻,根本就刹不住车。明亮的阳光从灶台上方的窗户里照进来,照得橱柜斑斑驳驳，我记住了这一幕情境。我吃得心满意足，不计后果，小半碗肉很快就被我一扫而空。整个下午，我都在打着饱嗝，嘴里泛着肉味儿。

傍晚，大人们显然发现了端倪，自然知道是我干的。我爸将我训斥了一番，正要拿竹枝抽我的腿肚子。我爷爷上前拦住，说道："你们秋收打谷子是辛苦，可小孩子读书也一样辛苦的，吃点好的不应该吗？一盘肉多大的事。"爷爷接着又嘱咐我："读书人就该有肉吃，下次想吃了记得跟爷爷说。"

长大后，每次看到东坡肉这道菜，每回读到这个美食典故，我就想起了那天午后的事和我爷爷。

浦城"梦笔生花宴"中的"书田东坡肉"，正合了我爷爷那句话："读书人就该有肉吃。"

泥鳅熬芋子

叶小荣

泥鳅熬芋子是一道传统的浦城家常菜，以泥鳅和芋子为主要食材，经过精心烹制而成。这道菜口感鲜美，营养丰富，食材获取容易，一直深受农家人的喜爱。

泥鳅是一种农田和水塘里常见的淡水鱼类，肉质鲜嫩，富含蛋白质、钙、铁等营养物质。只可惜，在农药、化肥盛行的今天，田野里土生土长的泥鳅已日渐稀少了。芋子则是一种常见的根茎类蔬菜，富含淀粉、膳食纤维、维生素等物质。闽北农家，每户都会利用田埂或菜地种上一些芋子。我们将泥鳅和芋子一起烹制，可以充分发挥两者的营养价值优势，让二者口感相互融合，产生独特的风味。

制作泥鳅熬芋子需要准备姜片、葱段、料酒、盐、酱油等食材和调料。我们首先要将泥鳅处理干净。农家自有一套独特的处理办法：把泥鳅放入清水中，滴入几滴山茶油，过了一段时间，泥鳅就会吐出肚子里的泥和腥物。洗净泥鳅，入锅升火，盖严锅盖，将其焖死，再加入适量清水、姜片、葱段和料酒，煮至泥鳅黄软变色起锅备用。同时，将事先去皮洗净的芋子，切成小块另用砂锅熬熟备用。当然，也可以将芋子洗净带皮熬熟，再捞起剥皮备用。泥风炉要再添加些炭火了，放上砂锅，把泥鳅和熟芋子混合起来，加水煮沸，热渗地熬着吃。红泥小火炉，红光忽闪处，喝上一碗半碗的自酿水酒，便感觉自己成了快乐的糊涂仙啦！

还有一种方法。锅中倒入适量茶籽油,放入姜片和葱段爆香,加入生芋子块翻炒均匀。加水大火煮开,再转小火煮 10 分钟左右,直到芋子熟透。然后将煮熟的泥鳅放入锅中,加入少量食盐和调味料,继续煮 5 分钟左右,直到泥鳅熟透入味。出锅前,就着炉火烤香几张桂叶的两面,迅速拌入芋子锅中,让香气渗入,最后撒上葱花即可。对了,别忘了放上一些辣椒哦。浦城人无辣不欢,越辣越吃,吃得脑门冒汗,吃得咧嘴叫唤才带劲哦!经过此番操作,定能带给你美妙的舌尖体验。在物资匮乏的年代,工作组派饭到家,或招待亲朋好友,泥鳅熬芋子承担了农家餐桌上当家花旦的角色呢!泥鳅熬芋子,快乐了我们的童年,也帮我们度过了特殊的年代。

泥鳅熬芋子非常适合冬季食用。它既可以暖胃驱寒,还能补充人体所需的营养物质,提高人体免疫力。据说,浦城宋代状元章衡就特别喜欢用这道菜驱除感冒,改善生活。这道菜最宜老少食用,缘于它的口感软烂,容易消化。

最后,来一段浦城顺口溜:"黄鳅熬芋头,赶贼去下岭。越吃越有味,爷囝不肯教。"朋友,是否有点想大快朵颐了呢?

炭火泥锅炖鸡

始竹

小时候，家里条件不好，整个村子的情况也都差不多。大家平常难得吃上一回猪肉，家里虽然也养猪，但那是用来卖了换钱的。那时候乡村收入来源少，村民们除了种粮外没有别的营生，家家户户一年到头手里都没什么现钱。一家人的吃穿用度，孩子上学，家人就医，就靠卖粮和卖猪。卖粮只能等秋收，卖猪倒可以自己把握时间。因此，除了重大年节，我们平常餐桌上难得有猪肉，反倒更经常炖鸡。

鸡是我们自家养的，喂的全是谷糠和杂粮，喂得少了，鸡还会自己外出找虫子吃。我家人口多，每回炖鸡少则两只，多则三只，分几个泥钵头同时炖。一般选的都是老母鸡。

我们当地有种说法，鸡养得越久，养得越老，就越滋补。母亲一大早就起来忙活，早餐后便把鸡炖上了，用炭火慢慢地炖，一直要炖到午后才开吃。这天的中饭就很随意，一家人胡乱吃点什么填了肚子就行，就等钵头里的鸡。挨近中午，钵头里渐渐沁出炖鸡的香味来，真浓郁啊，让我直流口水。

我抵御不了诱惑，但没炖够时间母亲是绝不肯我们动钵头盖子的。我只好横下心，去外面找伙伴们玩儿。

玩着玩着，玩得高兴起来又忘了家里还炖着鸡。直到我妹妹跑出家门，来村道上叫我。她拉拉我的衣角，轻轻地说："哥，鸡已经炖好了。"我一听，来不及跟伙伴告一声别，飞也似的就往家里跑。那奔向鸡汤、奔向幸福的场面，我至今清晰如昨，一辈子都不会忘记。

也有几次，妹妹大概太馋了，等不及叫我就已经开吃，我妈便在家门口扯着嗓子大声喊我的名字。一听到我妈的叫唤，我就知道泥钵头里的老母鸡已经炖烂了，脚下便如踩了哪吒的风火轮，一溜烟跑进家门。坐在餐桌旁，我一边喘气一边看母亲为我盛鸡肉和鸡汤，满满的一大碗，看得我眼睛发直。

炭火泥锅慢慢煨出来的鸡肉，入口软烂，浓香四溢。最绝的是，我家炖的鸡一律是甜口的。老母鸡、井水、冰糖和老姜炖在一起，简单但是十分美味。那是我心目中最滋补、最养生、最美味的佳肴。

那碗炖鸡不仅仅是美食，还有我们一家人的艰苦岁月和陈年往事，充满了寻常人家的烟火气息。

跋："梦笔生花宴"有感

初学敏

2023年9月拉开序幕的这场浦城"梦笔生花宴"大赛的规格是前所未有的，邀请的决赛评委是——

詹宗林（领队）：寻真味文化品牌创始人及该集团董事长，美食领域"一物多吃"创始人，千万级专业美食博主。

李厚漪：福建竞赛评委组主任，注册中国烹饪大师国家级评委，高级技师。

关玉标：注册中国烹饪大师，中华金厨奖获得者，中式烹调高级技师。

陈峰：注册中国烹饪大师国家级评委，高级技师。

陈祖桢：注册中国烹饪大师国家级评委，高级技师。

熊益根（领队）：国家中式烹调高级技师，中国烹饪大师，高级面点技师。

吴立标：中国烹饪大师，国家一级评委，高级考评员，浙旅投雷迪森酒店集团餐饮研发中心总经理。

许凌：中国烹饪大师，高级考评员。

宋小军：抖音美食达人，南宋菜传承人，浙菜烹饪大师。

季根勇：金华市餐饮业和烹饪协会副会长兼秘书长，2016年1月央视《对话》栏目特约拍摄者。

2023年11月，50道"梦笔生花宴"的决赛名单在千呼万唤中终于整齐地排列在我们面前。最终，"章氏豆腐丸"获得总分第一名，主厨章志芬来自民间。得分第二的"西山墨蹄"，厨师是正大溪鲜店的徐翠芬，她也来自民间。并列第三的"临江大饼（久香大饼）""蛋皮燕丸"毫无悬念地入列，它们分别出自浦城大酒店的余文英、银都酒店的吴长贵两位专业厨师之手。紧随其后的"牛跳墙"，则出自一位介于厨师和运动达人身份的刘新华之手。全嘉福大酒店张云的"珍珠蒸肉丸"名副其实，既在意料中，也在意料外。让我感到意料之外的是，拥有高级技师身份的浦城名厨左爱和、黄云龙、蔡文华、郑荣福、章鼎、王小斌、王顺兴、王松林都将机会留给了弟子和新人。银都酒店的吴长贵成为唯一入选的高级技师，这既是对金牌厨师的认可，也是对浦城餐饮界传承的一种肯定。浦城餐饮有今天的成就，离不开余顺清、黄云龙、左爱和、蔡文华、马建宁、郑荣福、吴长贵、章鼎等几位优秀的管理者的贡献。应该说，是一代又一代优秀的浦城餐饮人将浦城美食推出浦城，推广福建，推向全国。

得90分以上的还有：荣记鹅庄詹新荣的"腰缠万贯"、昇辉酒店揭志强的"特色蹄膀肉"、昇辉酒店姚意兰的"一代天椒"、银都酒店吴长贵的"薏米茶"、安华酒店范乐军的"卷子肉"、桂都酒店叶勤友的"灵芝养生豆腐"、海溢酒店季雪萍的"八宝饭"、顺兴餐馆王树兴的"肉糕"。应该说，这些体现了对自然的崇尚、对品味的提升和对本土食材的热爱，说明了越是乡土的、地方的，越是最好的、国际的。这是一种很好的现象。

浦城具备打造"美食之城"的天然环境和基础。浦城地处亚热带季风湿润区，气候温和，四季分明，雨量充沛，日照充足。勤劳勇敢的先人们，在漫长的生产生活实践中，为后代创造、选育、汇集了丰富多彩的烹调原料。纵横的溪河，盛产鱼虾和水生植物；苍茫的山林溪涧，盛产山珍野味；串珠状的山间盆地，五谷丰登，蔬菜四季联翩上市；缓坡低丘，四时佳果，各有千秋……明成化《浦城县志》称"桑麻被陇，茶笋连山"，明万历《浦城县志》载"山林多竹木，场圃饶果瓜"，清嘉庆《新修浦城县志》载，浦城"山头地角皆垦为陇亩，百工杂作呈能献技"。

浦城的烹饪原料不仅丰富多彩，而且有着显著的地方特点。浦城有许多独特的烹调原料，适应了不同的烹制需要，丰富着菜肴的内容。浦城烹调做到物尽其用，粗料细做，细料精做。浦城晶莹璀璨的稻米，独一无二的丹桂，品质超然的薏米、灵芝等，为制作浦城美食提供了坚实后盾。

……

作为浦城传统糕点百年老字号的"孟氏糕点"也亮相在决赛现场，"孟氏糕点"的出现既是对赛事的补充也是助阵；而作为浦城新生代的"荣宇蛋糕"，其制作的食品也赫然在列，如一缕朝阳，给人温暖、清新的感觉。

作为"浦城一桌菜""梦笔生花宴"宣传片的撰稿人，我荣幸地成为这次美食大赛后编撰《梦笔生花宴》的主编，经历这次大赛的全过程，我看到无论主办方和协办方，都付出了十分的努力和百分的汗水。时任副县长何秀菊数次召开协调会，还亲临现场指导，是她的全面把关，使得这次大赛始终按计划有序推进。代表县委、县政府的吴文勇、余荣军，市场监管局的王朝晖、吴惠勤、范志标，商务局的黄留斌、王文忠、黄玲秀、刘标军，酒店业协会的会长、副会长们，文联的廖学平、叶永仕，政协的詹翔，各个参赛、服务团队以及每位参与者，等等，是大家的倾力合作成就了"梦笔生花宴"大赛的完美落幕。

世界烹饪大师、注册中国烹饪大师、高级技师于家强先生在大赛现场说道："浦城的众多食材都是非常好的。比如莲子，确实好，粉、嫩、香甜，可以蒸，可以上汤，可以做甜品，等等，值得深度挖掘再开发。浦城的桂花是我在别处看不到的，它的颜色、味道、口感、肉质都称上乘，做点缀、做甜品，很有发展空间。还有红酒糟，天然的颜色，做腌制、红烧都可以。浦城的糯米大薯，一个有几十斤重，可用作拔丝甜品，它的糯香同时有保健的功能。浦城的灵芝，既可以入膳，又可以作为保健用品，炖汤、做馅料、做面食等皆可，可以好好地打造灵芝食品产业，如果价钱合适，可做成供应链。浦城还有好多东西吃了都觉得非常好。浦城的餐饮界应该走出去，多学习、多交流。我相信浦城的美食终将走向全国，应该把浦城的好东西推向更广大的市场。"

来自浙江的评委熊益根在随访中说："浦城县委、县政府高度重视，为这次活动专门发了12号文，这在餐饮界是很少见的。相信浦城通过这次活动，会有很大的提高。有各个单位、部门的支持、配合，加上各类食材丰富、有特色，浦城打造美食之城是很有优势的。"

宋小军说："浦城是中国丹桂之乡，我来这里主要就是找地方特色，浦城豆腐丸就很有意思，我都要拜师了。其实一道美食就是一种传承，这豆腐丸吃进去有鲜甜的味道，做起来真的不简单啊。我对豆腐丸特别感兴趣，它在浦城已经五代人传承百年了。我们中国的饮食是有很多文化记忆的，因为它都是祖上传承下来的，博大精深，艺藏民间啊。"

"梦笔生花宴"，是设在浦城大地上的一桌盛宴，在丹桂飘香的地方，在万顷稻浪中，在万亩薏林里，在灵芝棚矩阵间，在南浦岸边，在炊烟袅袅的乡间巷道……